코미디보다 더 배꼽 잡는
정치개그

코미디보다 더 배꼽 잡는 정치개그

초판 1쇄 인쇄·2018년 6월 25일
초판 1쇄 발행·2018년 6월 29일

엮은이·유머를 즐기는 모임
펴낸이·이춘원
펴낸곳·시그널북스
기 획·강영길
편 집·이경미
디자인·디자인오투
마케팅·강영길

주   소·경기도 고양시 일산동구 무궁화로120번길 40-14(정발산동)
전   화·(031) 911-8017
팩   스·(031) 911-8018
이메일·bookvillagekr@hanmail.net
등록일·2008년 4월 24일
등록번호·제396-00037호

ISBN 979-11-85474-19-9 (03810)

이 도서의 국립중앙도서관 출판예정도서목록(CIP)은 서지정보유통지원시스템 홈페이지(http://
seoji.nl.go.kr)와 국가자료공동목록시스템(http://www.nl.go.kr/kolisnet)에서 이용하실 수 있습
니다.(CIP제어번호: CIP2018016940)

코미디보다 더 배꼽 잡는

정치개그

'허허, 문재인입니다'

핵 가져 왔쩌염~
뿌~우~

유머를 즐기는 모임 엮음

시그널북스

　유머는 보통 아재개그처럼 '말꼬리 잡기'식 우스갯소리와 비판을 위한 '뼈 있는 농담'으로 구분된다. 앞의 경우 그때그때 상황에 맞춰 상대방에게 웃음과 즐거움을 주기 위한 사적인 것이라면, 뒤는 특정 정치 상황이나 권력자, 불공정한 현실 등을 풍자·비판하는 특징이 있다.

　국민이 억압당하고 통제받는 체제에서는 정치권력자들을 '괴물'시하는 풍자가 유행한다. 공산국가 시대의 스탈린이 그랬고, 전두환·노태우 시대가 그랬다. 군부독재를 끝낸 YS를 풍자한 유머집 『YS는 못말려』는 애교스럽다.

　형식적 민주주의가 이루어졌다 해도 정치집단과 기득권층에 대한 민초들의 눈초리는 매섭고, 특히 굴절된 언론이 민의를 왜곡할 때 반발은 격해진다. 오픈된 인터넷 광장과 SNS 등에서 비판·고발·폭로가 거듭되는데도 사법기관이나 국회가 제구실을 못하면 시민들이 직접 거리로 뛰쳐나가 촛불을 들고 그 촛불이 횃불로 변하여 직접 '처리'에 나선다. 깨어 있는 시민, 각성된 민주주의의 힘은 그렇게 무서운 것이다.

　지난 '잃어버린 11년' 동안 국민들은 엄청난 고통을 겪었다. 나라

곳간을 먹성 좋은 쥐새끼한테 맡겼다가 거덜이 났고, 의전만 챙기던 직전 대통령은 관저 침대에서 뒹구느라 생때같은 목숨들을 바다에 가라앉혔다. 그래서 참다못한 시민들이 거리로 뛰쳐나왔고, 마침내 적폐세력을 몰아내고 새로운 '촛불 대통령'을 뽑았다.

다행히 새 대통령은 공약대로 뿌리 깊은 적폐들을 청산해가면서 핵 없는 한반도, 평화로운 한반도 시대를 향해 뚜벅뚜벅 나아가고 있다. 판문점 정상회담을 시작으로 북-미, 남-북-미-중 회담 등을 성사시키기 위해 험난하지만 올바른 길로 조심스럽게 나아가고 있다. 4월 27일, 판문점 군사분계선을 넘어온 북한 김정은 위원장이 문재인 대통령의 손을 맞잡는 순간을 지켜본 7천만 겨레가 느꼈던 그 가슴 뜨거운 감동이란…!

평화공존의 시대로 나아가는 과정에서 여러 난관이 있을 수밖에 없다. 그러나 '통 크게 나설 준비가 돼 있는' 문재인 대통령과 '잃어버린 11년 아깝지 않게' 속도를 낼 김정은 위원장의 밝은 표정에서 누가 희망을 포기하겠는가.

정치 유머, 블랙 유머는 적폐와 보수 기득권층을 비판하고 그 부역자들과 '무수리들'을 조롱한다. 부디 개과천선하거나, 청산돼야 마땅할 적폐들은 자진해서 찌그러들기를….
"세상이 뒤집어졌다, 이것들아~~~!!"

— 2018년 5월, 유머를 즐기는 모임

아무 말 대잔치 _ 쩌리들의 합창

이명박근혜 시대 _ 적폐청산

이니와 으니

추억의 대통령 유머

최신 유머 시리즈

북한 시리즈

아무 말 대잔치
_ 쩌리들의 합창

팀에 문제가 있으면

지방선거를 눈앞에 둔 어느 회의시간. 바미당 안철수가 지지율이 저조한 후보들에게 언성을 높였다.

"우리 당 후보를 하고 싶어하는 사람은 얼마든지 있어요. 여러분들이 아니라도 우리 당 배지를 달고 싶어 줄을 섰습니다."

그러면서 안철수는 자신의 말을 강조하기 위해 전에 운동선수였던 한 후보를 지목하여 말했다.

"경기에서 성적이 좋지 않으면 어떻게 하죠? 선수를 교체하지요?"

그러자 그 후보는 잠시 망설이다가 이렇게 말했다.

"팀 전체에 문제가 있으면… 보통 감독이나 코치를 갈아치우지요."

"…?!"

안철수의 대답

길을 걷던 사람이 때마침 마주 오던 안철수에게 길을 물었다.

"저기, 세종문화회관에 가려고 하는데 어떻게 갑니까?"

안철수가 말했다.

"아, 그건 교보문고를 찾아가면 됩니다."

"그래요? 그럼 교보문고는 어떻게 가는데요?"

"그건 세종문화회관을 찾아가면 됩니다."

안철수의 아재개그

'2017 사립유치원 유아 교육자대회' 행사장.

안철수: 대머리가 되면 생기는 매력이 있다고 합니다. 혹시 아십니까?

참석자들: 몰라요.

안철수: 그게, 헤어(hair)날 수 없는 매력이랍니다.

참석자들: ⋯.(썰렁)

안철수: 그럼 다른 문제를 내보겠습니다. 세종대왕이 만든 우유는 아시겠습니까?

참석자들: 모릅니다.

안철수: 아야어여오요우유⋯.

참석자들: ⋯.(썰렁)

혼수성태

JTBC 신년토론회에서 자한당 김성태 원내대표는 졸지에 '혼수성태'가 됐다.

위안부 합의 파기 문제

손석희: 문재인 정부는 한일 위안부 합의에 대해 잘못된 합의라며 받아들일 수 없다고 합니다. 어떻게 생각하십니까?

김성태: 과거 정부의 조약을 뒤집는 것은 국가의 연속성을 부정하는 것입니다.

손석희: 그럼 위안부 합의를 파기하지 말아야 한다는 겁니까?

김성태: ….

4대강 문제

김성태: 4대강은 몇십억이 들어간 큰 사업인데 보를 철거하고 물을 다 빼내라는 것이 잘하는 짓입니까?

노회찬: (1초의 망설임도 없이) 그렇습니다.

김성태: ….

임종석 비서실장 UAE 방문 건

김성태: 문재인 정부가 전 정부의 UAE 원전과 관련된 비리를 수사하자 UAE가 이에 격분해 국교단절을 하려 했고, 이에 겁먹은 현

정부가 부랴부랴 임종석 실장을 UAE에 급파한 것입니다.

유시민: 그것이 팩트란 증거가 있습니까?

김성태: 언론에 그런 기사가 났어요.

유시민: 아무런 근거도 없는 추측성 기사일 뿐입니다.

노회찬: 공상과학소설 같은데 별로 과학적이지 않습니다. 모든 얘기가 추측 투성이일 뿐입니다. 특사를 가면서 왜 공개적으로 못 가냐고? 그러면 왜 MOU 체결은 비공개로 했습니까? 잘못된 군사 MOU 체결 때문에 사단이 나서 가는데 공개적으로 간다는 게 앞뒤가 안 맞지 않습니까?

김성태: 아니, 야당이면 야당답게 문재인 정부를 꾸짖어야지! 여당을 편들고 말이야…. 세계에서 보기 드문 정말 희한한 야당 아닙니까?

노회찬: 야당을 안 해봐서 뭘 해야 할지를 모르는 겁니다. 그러니까 탄핵당하지, 이 사람아!

김성태: ….

사파리투어

김기식이 셀프 후원과 '황제 외유'로 금융감독원장에서 낙마하자 네티즌들은 그간 관행으로 여겨온 국회의원들의 해외출장을 전수조사하자고 목청을 높였다. 이에 언론도 피감기관 예산으로 외유성 해외출장을 간 사례들을 들추려 하자 자한당이 크게 반발했다.

"국회의원 전수조사는 청와대의 음모이며 입법부를 탄압하기 위한 불법사찰이다."

아니나 다를까, 얼마 후 한 시민단체가 김성태와 이완영을 외유성 출장 의혹으로 검찰에 고발했다. 김성태는 2015년 2월 한국공항공사로부터 1천만 원이 넘는 경비를 받아 미국과 캐나다를 방문했고, 이완영 역시 산업인력공단으로부터 2천만 원을 받아 독일을 방문했던 것이다.

"의원님도 해당 기관 돈으로 외유성 출장을 간 사실이 드러났는데, 하실 말씀 없으십니까?"

기자들의 질문에 김성태가 난감해하고 있는데, 그때 김무성한테서 전화가 왔다.

"성태야, 니 뭐하고 있노?"

"예, 형님. 지금 어디십니까?"

"아, 여기 세렝게티야."

"아니, 탄자니아 세렝게티요? 거긴 무슨 일로?"

"아, 나야 지금 사파리투어 하고 있지. 코끼리도 많고 사자도 있고, 여기 엄청 좋아~!"

개도 주인 따라

전두환, 이명박, 홍준표, 문재인에게 풍산개가 한 마리씩 있었는데 도둑이 들어와도 도무지 짖지를 않았다. 개들을 찾아가 물어보니 이렇게 대답했다.

전두환 개: 우리 주인 재산이 꼴랑 29만 원인데 짖을 일이 뭐 있겠나?

이명박 개: 우리 주인이 왕도둑놈인데 어떻게 짖나?

홍준표 개: 우리 주인이 시도 때도 없이 짖어대는데 나까지 짖으라고?

문재인 개: 쉿! 우리 주인은 새소리를 더 좋아하셔서….

갑질 어디까지 해봤니?

임산부 직원 소나기 맞게 병풍 치고 정원 둘러보기.

멀쩡한 직원 손가락질하며 "쟤는 왜 눈을 봉사(시각장애인)처럼 뜨고 다니냐?"고 생트집 잡기.

남들 보는 앞에서 자기 딸들한테 '이년저년' 쌍욕하기.

일하는 직원 팔 붙잡고, 잡아당기고, 삿대질하고, 자재 발로 차고, 도면 빼앗아 바닥에 흩뿌리기.

자사 항공편에 명품 가방, 초콜릿, 과자, 스포츠용품을 사내 물품인 것처럼 위장하여 밀수하기.

회사 법인카드 유용하기.

관세와 항공료 떼어먹기.

세관공무원 구워삶아 공생하기.

협력사 직원에게 물컵 던지고 매실음료 끼얹기.

불법 등기이사로 재직하기.

회사 건물에 사무실 임대해주고 임대료 삥땅치기.

승무 인력 감축하고 휴가 못 가게 해서 노동력 착취하기.

필리핀 불법체류자 하인으로 부려먹기.

갑질 문제

다음 중 재벌(Chaebol)이 갑질(Gapjil)할 때 던질 수 있는 것을 모두 고르시오.

물컵   서류 더미
밀반입 물품   설렁탕
땅콩   폭언
뺑소니   삿대질
발차기   항공기
Ctrl+C Ctrl+V 사과문   요강
개돼지

이상한 가족

하늘 ---- 항로 회항   땅 ---- 콩
물 ---- 컵   지하 ---- 밀수
바람 ---- 잘 날 없음

정치인과 개의 공통점

가끔 주인도 몰라보고 짖거나 덤빌 때가 있다.

먹을 것을 주면 아무나 좋아한다.

무슨 말을 하든지 개소리다.

자기 밥그릇은 절대로 뺏기지 않는 습성이 있다.

매도 그때뿐 옛날 버릇 못 고친다.

족보가 있지만 믿을 수 없다.

미치면 약도 없다.

가장 좋아하는 단어

종교인: 믿음(헌금)

기업가: 이윤(탈세)

정치가: 비자금(뇌물)

봄의 재해석

　판문점 정상회담이 성공하고 남북한의 평화 무드가 무르익자 홍준표가 자신의 페이스북에 '봄'에 대한 새로운 해석을 내놓았다.

　"지금 현 정부가 남북한에 봄이 왔다며 대대적으로 선전하고 있는데, 봄을 'SPRING'으로, 즉 영어 'BOMB'으로 읽는 사람도 있고 'BOMB', 영어로 밤인데요. 밤으로 읽는 사람도 있습니다."

　'봄'을 '밤'이라고 한 것이다.

　'BOMB' 뒤의 B는 묵음으로 '밤'이라고 읽지만 영국식 영어에서는 '봄'이라고도 읽는다.

　즉 미국식은 '밤', 영국식은 '봄'이 되는데, 영국식의 음을 차용한 듯이 "남북한의 봄을 폭탄을 뜻하는 봄이라고 읽은 사람도 있다."고 주장한 것이다.

　남북 정상회담에 이어 역사적인 북미 정상회담까지 눈앞에 예정돼 있지만, 홍준표는 "이거는 위장 평화 쇼다. 지방선거용이다."라면서 "결국 폭탄이 돼서 돌아올 것이다."라고 주장한 것이다.

이에 대해 민평당의 박지원이 한마디 했다.

"지구상의 모든 사람은 봄을 평화로 읽는다. 아마 BOMB, 폭탄으로 본 것은 홍준표가 유일할 것이다."

민주당도 논평을 내놓았다.

"홍 대표는 '전쟁만이 해결책이고 그래서 전쟁을 하자는 것인가?' 라는 물음에 답해야 한다. 화창한 봄에서 어두운 밤을 느끼는 자한당이 딱할 따름이다."

바미당의 하태경 의원도 일갈했다.

"홍준표 입이 폭탄이다!"

세월호 막말 시리즈

(전 대통령) 박근혜: 학생들이 구명조끼를 입었다고 하는데 그렇게 발견하기가 힘든가?

(전 국회의원) 송영선: (세월호 참사는) 너무나 큰 불행이지만 우리를 재정비할 수 있는, 국민의식부터 재정비할 수 있는 기회가 된다면 꼭 불행인 것만은 아니다. 좋은 공부의 기회가 될 것이다.

(전 국가보훈처장) 박승춘: 요즘 세월호 침몰사건 때문에 우리 대통령님과 정부가 아주 곤욕을 치르고 있다. 우리나라는 지금 무슨 큰 사건만 나면 우선 대통령과 정부를 공격한다.

(KBS 전 보도국장) 김시곤: 세월호 사고는 300명이 한꺼번에 죽어서 많아 보이지 연간 교통사고로 죽는 사람 수를 생각해보면 그리 많은 것은 아니다.

(전 KBS 앵커) 정미홍: (세월호 인양에 반대하며) 바닷물에 쓸려갔을지도 모르는 그 몇 명을 위해서 수천억의 혈세를 써야겠는가? 많은 청소년들이 서울역부터 시청 앞까지 행진하면서 '정부가 살인마다. 대통령 사퇴하라'고 외쳤다. 손에는 하얀 국화꽃 한 송이씩을 들었다. 제 지인이 자기 아이가 시위에 참가하고 6만 원의 일당을 받아왔다고 했다. 참 기가 막힌 일이다. 어제 시위에 참가한 청소년들이든 국화꽃, 일당으로 받았다는 돈이 다 어디서 나오는 걸까? 대한민국 경찰은 이 문제를 수사해야 하는 것 아닐까?

(명성교회 목사) 김삼환: 하나님이 공연히 이렇게 침몰시킨 게 아니다. 이 어린 학생들, 이 꽃다운 애들을 침몰시키면서 국민들에게 기회를 주는 것이다.

(한기총 부회장) 조광작: 가난한 집 아이들이 수학여행을 경주 불국사로 가면 될 일이지, 왜 제주도로 배를 타고 가다 이런 사단이 빚어졌는지 모르겠다.

(자한당 국회의원) 김진태: 인양을 해야 하나 말아야 하나 이런 말 하기 죄송스럽기는 하다. 그렇지만 인양하지 않는 것도 하나의 방법으로 가능성을 열어놓고 논의해봐야 한다고 생각한다.

(어버이연합 사무부총장) 박완석: 인양하고 싶으면 당신들이 국민성금 1200억 모은 거 그거로 인양하라. 나는 인양 반대한다! 니들 돈으로 하라.

홍준표의 막말 퍼레이드

1. 좌파정권이 들어서니 SBS도 빼앗겼다.
2. 우리의 적은 문재인 정부이고 북한이다.
3. 너 그러다가 진짜 맞는 수가 있어!
4. 남북 고위급 회담은 북의 정치쇼에 놀아나는 것이다.
5. 대통령이 영화를 보고 질질 운다. 지도자는 우는 거 아니다. 지도자는 눈물을 보여서는 안 된다. 문재인 정부는 '쇼통 정권' 이다.
6. 현재의 여론조사는 왜곡돼 있다. 자한당의 지지율이 낮은 건 현 정부가 '괴벨스식' 나라 운영을 하고 있기 때문이다.
7. 국정원 댓글은 불법이고 문슬람 댓글은 적법합니까?
8. 문슬람 정권, 사회주의 좌파 문재인 정부를 척결해야 한다.
9. 문재인 대통령은 이승만, 박정희, 전두환에 이은 '네 번째 독재자'다.
10. 남자가 할 일이 있고 여자가 할 일이 따로 있다. 이것은 하늘이 정해놓은 건데 여자가 하는 걸 남자한테 시키면 안 된다. 설거지나 빨래는 절대 안 한다. 하면 안 된다.
11. 현 정부는 주사파, 참여연대, 전교조, 민주노총 네 집단만 행복한 나라를 만들고 있다.
12. 나라를 통째로 넘기시겠습니까?

13. 틈만 나면 연탄가스처럼 비집고 올라와 당을 흔드는 무리들을 결코 용납하지 않겠다.

14. 과태료 낼 돈 없으니 날 잡아가라.

15. 남북 정상회담 선언문을 봐라. 북한에 퍼줘야 할 돈이 100조 가 될지 200조가 될지 알 수가 없다. 곧 여러분 가정에 세금고 지서가 날아갈 거다.

16. 제비 한 마리 왔다고 온통 봄이 온 듯이 환호하는 것은 어리석 은 판단이다.

17. 세상이 미쳐가고 있다. 어떻게 세상이 변해도 이렇게 변할 수 가 있느냐?

18. 창원에는 원래 빨갱이들이 많다.

19. 드루킹이 파리면 대통령은 왕파리냐?

안철수와 미녀

안철수가 한 미녀와 나란히 비행기에 탔다.

안철수는 그 미녀에게 재밌는 게임을 하자고 제안했고, 미녀는 피곤하다며 정중히 거절했다.

하지만 무료했던 안철수는 정말 재밌고 쉬운 게임이라면서, 계속해서 그녀를 괴롭혔다.

"이 게임 정말 쉬워요. 그냥 질문을 해요. 그리고 대답을 못하면 서로 1달러를 주는 거죠. 재밌지 않겠어요?"

"미안해요, 제가 워낙 피곤해서요."

그녀는 재차 거절하고 나서 고개를 돌려 잠을 청했다.

그때 안철수가 다시 말했다.

"좋아요, 좋아! 그렇다면 당신이 대답을 못하면 1달러를 나에게 주고, 내가 대답을 못하면 100달러를 주죠!"

이에 게임에 응하지 않으면 끈질긴 이 남자에게서 벗어날 길이 없겠구나 생각한 미녀는 100달러라는 말에 찬성을 하고 말았다.

이윽고 안철수가 질문했다.

"달에서 지구까지 거리가 얼마죠?"

미녀는 아무 말 없이 바로 지갑에서 1달러를 꺼내 주었다.

그러고는 안철수에게 물었다.

"언덕을 오를 때는 다리가 세 개고 언덕을 내려올 때는 다리가 네 개인 게 뭐죠?"

그 질문에 안철수는 당황했고, 즉시 노트북을 열어 모든 데이터를 다 뒤졌다. 그러나 답은 찾을 수 없었다. 그래서 전화할 수 있는 모든 동료에게 전화했고, SNS에 띄워 자신을 아는 모든 이들에게 도움을 청했다. 하지만 결국 답을 알아내지 못했다.

한 시간 뒤, 안철수는 결국 치밀어 오르는 화를 참으며 그 미녀를 깨웠다. 그러고는 그녀에게 조용히 100달러를 건넸다. 미녀는 고맙다는 한마디를 하고 다시 잠을 청했다.

잠시 열을 식히던 안철수가 조심스레 그녀를 깨우면서 물었다.

"아니, 대체 답이 뭐죠?"

그러자 그녀는 아무 말 없이 1달러를 꺼내 주었다. 그러고는 다시 잠을 청했다.

가장 비싼 이유

　어떤 부자의 아내가 갑작스런 교통사고를 당해 병원으로 실려 갔다. 응급진단을 끝낸 의사가 남편에게 말했다.

　"부인께서는 뇌에 치명적인 손상을 입었습니다. 당장 다른 사람의 뇌를 이식하지 않으면 목숨이 위태롭습니다."

　그러자 애처가인 남편이 사정했다.

　"의사 선생님, 돈 걱정은 말고 제일 좋은 뇌로 이식해주십시오!"

　"대학교수의 뇌가 하나 있긴 한데 1억 가까이 됩니다만….."

　"그게 제일 좋은 건가요?"

　"아닙니다. 과학자의 뇌는 1억 5천만 원입니다."

　"그럼, 그게 제일 좋은 건가요?"

　"아닙니다. 정치가의 뇌는 2억 원입니다."

　"아니, 그건 왜 그렇게 비싸죠?"

　"그건 거의 사용하지 않은 새것이나 마찬가지라서요!"

헌혈은 이래서 안 돼

술꾼: 혈중 알코올 농도가 높아 안 돼요.

골초: 내 피는 임산부나 자라나는 아이한테 해로워요.

악덕업주: 찔러도 피 한 방울 안 나와요.

환경오염자: 내 피는 재활용도 안 된다니까요.

바람둥이: 허구한 날 쌍코피를 흘려서 피가 부족해요.

극우단체: 빨간 건 무조건 안 돼요.

정치인: 군대도 못 갈 허약체질이라서….

연합작전

2004년 심야토론.

정옥임: 아니, 여권연대면 당을 통합하든가 하지 같은 당도 아니면서 왜 하나인 것처럼 행동해요?

노회찬: 우리나라랑 일본이랑 사이가 안 좋아도 외계인이 침공하면 힘을 합해야 하지 않겠습니까?

조건부 찬성

기자: 우익세력들이 광화문에 박정희 전 대통령 동상을 세우자는데, 어떻게 생각하십니까?

노회찬: 참 어이없는 일이지만, 조건부 찬성을 할 수 있습니다.

기자: 어떤 조건이죠?

노회찬: 광화문광장 지하 100m에 묻는다면 한번 검토해볼 수 있습니다.

구조대

어느 날 수녀와 정치인이 강물에 빠졌다. 그런데 신고를 받고 달려온 119 구조대가 재빨리 정치인부터 구조해내는 것이었다.

한 구경꾼이 이를 이상하게 여기고 물어보았다.

"아니, 어째서 힘없는 수녀님을 놔두고 정치인부터 구하는 거죠?"

119 구조대원이 귀찮다는 듯이 대꾸했다.

"그것도 모르시오? 정치인을 오래 놔두면 강물이 썩어서 오염된단 말이오!"

낙하산

　오바마와 이명박 그리고 스님과 학생이 비행기를 타고 가다가 고장이 났다.

　때마침 비행기 안에는 낙하산이 세 개밖에 없었다.

　"난 세계를 살려야 하기 때문에 살아야 해."

　오바마는 그렇게 소리치며 낙하산을 메고 냅다 뛰어내렸다.

　뒤이어 이명박도 "난 대한민국을 책임져야 하기 때문에 살아야 해." 하고 뛰어내렸다.

　이에 스님이 혀를 끌끌 차며 옆의 학생에게 말했다.

　"난 이미 살 만큼 살았다네. 그러니 어린 자네가 살아남게나."

　그러자 그 학생이 말했다.

　"스님 걱정 마세요. 낙하산이 아직 두 개 남았어요. 이명박이 엉겁결에 제 책가방을 메고 뛰어내렸거든요."

김성태 별명

1. **박쥐**: 새누리당을 탈당하고 바른정당으로 옮겼지만, 곧 다시 자한당에 복당하자 안민석이 일침.
2. **불사조**: 복당한 김성태가 자한당 원내대표로 선출되자 역시 안민석 왈.
3. **MC성태**: '최순실 국정농단' 청문회에서 특위위원장을 맡았을 때.
4. **호통성태**: 청문회장에서 "우병우 증인, 자세 똑바로 하세요."라고 지적하며 호통치자.
5. **노래방 주인**: 국정조사 위원들의 질의 시간을 받아들여 1분씩 더 추가시키자.
6. **혼수성태**: JTBC 신년특집 토론회에서 노회찬 정의당 원내대표와 유시민 작가의 쉴 틈 없는 공격에 당황하는 모습을 보이며 언성만 높이자.
7. **들개 조련사**: 자한당 송파을 지역위원장으로 영입한 배현진을 스스로 들개로 조련시키겠다고 해서.
8. **신분증 패싱 성태**: 4월 7일 제주행 항공기를 이용할 때 신분증을 제시하지 않고 비행기에 탑승했으며, 제주서 김포로 돌아올 때도 '프리패스'였다고.

9. **대타 성태:** '드루킹 특검'을 요구하며 단식농성을 벌이던 중 30대 남자한테 폭행을 당했는데, 그가 "원래 내 목표는 홍준표였다. 김성태는 홍준표 대타였다."라고 말하면서.

10. **도로아미타불 성태:** '드루킹 특검'을 촉구하면서 국회 본청 앞에서 단식투쟁을 벌였지만, 몸만 축내고 8일 만에 별 소득 없이 중단했다.

11. **청개구리 성태:** 추미애 더불어민주당 대표가 "깜도 안 되는 특검 들어줬더니 드러누웠다."며, 빨간 옷 입은 청개구리'라고 비판함.

게의 속성

　서청원·홍준표·이재오, 세 야심 있는 정치인이 나란히 해변을 산책하며 당의 단결과 화합을 다짐했다.

　때마침 그들은 게를 잡고 있는 어부를 우연히 만났는데, 어부는 게를 잡는 족족 버들가지로 엮은 바구니에 집어넣었다.

　셋 중 최고령 다선인 서청원이 바구니 안을 들여다보면서 물었다.

　"이보시오, 어부 양반! 바구니 뚜껑을 닫는 것이 좋겠소. 그렇지 않으면 게들이 기어 나와 달아나버리지 않겠소!"

　그러자 어부는 하던 일을 계속하며 퉁명스럽게 대꾸했다.

　"뚜껑 따위는 필요 없습니다!"

　"뚜껑이 필요 없다니, 그게 무슨 말이오?"

　"이 게들은 정치하는 놈들과 똑같아서, 그중 한 놈이 더 높이 기어오르려고 하면 다른 놈들이 그놈을 끌어내린단 말이오! 그러니 항상 바구니 안에서나 들먹거릴 수밖에…."

　"…!"

인정

　말복에 이명박, 홍준표, 이재오 세 사람이 땀을 뻘뻘 흘리며 소문
난 보신탕집을 찾아갔다.

　이마의 땀을 닦으며 주문을 하려는데, 보신탕집 주인아주머니가
다가와 물었다.

　"셋 다 개요?"

　그들 세 명이 일제히 고개를 끄덕이며 대답했다.

　"네!"

우리 아빠는요

　유치원생: 우리 아빠는요 현송월도 죽이고요, 대통령도 혼밥 왕
따 만들고요, 평창 올림픽도 평양 올림픽으로 만들고요, 미국 트럼
프 대통령도 종북 빨갱이로 만들고요, 세월호 유가족도 세금도둑으
로 만들고요, 촛불시민도 좌익 불순분자로 만들고요, 멀쩡한 국회의
원을 댓글 조작범으로 만들어요…. 우리 아빠는요 삼성이 시키는 건
뭐든 다 하는 졸개예요.

　선생님: (깜짝 놀라며) 너희 아빠 뭐하시는데…?

　유치원생: 우리 아빠는 ㅈ일보 텔레비전에 다녀요.

가장 오래된 직업

어떤 직업이 가장 오래된 역사를 가졌는가를 놓고 세 사람 사이에 논쟁이 벌어졌다.

먼저 의사가 말했다.

"성경에 보면 이브는 아담의 갈비뼈로 만들었다고 되어 있습니다. 그러니 의사라는 직업이 제일 오래된 직업임에 틀림없습니다!"

듣고 있던 건설업자가 이의를 제기했다.

"천만의 말씀입니다. 성경에 혼란 상태의 천지를 엿새 만에 바로잡았다고 되어 있는데, 그것은 바로 우리 건설업자들이 한 일입니다!"

그러자 이번엔 정치인이 나섰다.

"그건 그래요. 하지만 그 혼란을 애초에 누가 만들었겠습니까?"

손학규 징크스

정치권에서는 '손학규 징크스'라는 말이 농담처럼 전해지는데, 손학규가 큰 정치적 결단을 내리고 움직이는 순간마다 공교롭게도 대형 사건이 터지며 상황이 꼬여버린다는 것이다.

대권 도전하자 북핵 실험

2006년 10월. 경기도지사를 뒤로하고 대권을 노리던 그는 전국의 민심을 살핀다며 100일간 '민심대장정'을 펼쳤다. 죽도록 고생하고 나서 부산에서 KTX를 타고 서울로 복귀하던 9일, 서울역에는 지지자들과 취재진들이 운집해 있었다. 그런데 뜬금없이 북한이 제1차 핵실험을 감행했다는 소식이 속보로 전해졌고, 서울역에 몰려 있던 기자들은 몇몇 사진기자들만 남겨둔 채 부랴부랴 자리를 떴다.

탈당하자 한미 FTA 타결

2007년 1월. 한나라당의 유력 대권주자였던 그는 '21세기 광개토 전략'을 미래 생존전략으로 내세우며 승부수를 던졌다. 그러나 불과 몇 시간 만에 범여권 대선주자 중 최고 지지율을 달리던 고건 총리가 대선 불출마를 전격 선언하면서 언론의 관심은 온통 그쪽으로 쏠렸다. 그는 두 달 후 대선후보 경선에 반발해 한나라당을 탈당했다. 정치 일생을 건 중요한 결단이자 대권 판도를 뒤흔드는 중대 사건이었다. 그러나 당시 한미 FTA 협상이 막바지로 향하며 언론의 관심은 온통 그쪽으로 쏠렸고, 한미 FTA가 최종 타결되면서 결국 손학규의 탈탕 소식도 빛이 바랬다.

철야농성하자 연평도 포격사건

2010년 11월. 민주당 대표였던 그는 '대포폰·민간인 사찰'에 대한 국정조사와 특검을 요구하며 서울광장에서 철야농성에 돌입했다. 하지만 하필 그때 북한이 연평도를 포격하는 중대 사건이 터졌다. 손학규는 하루 만에 농성을 접고 여의도로 복귀했다.

정치쇄신을 촉구하자 저축은행 사태

2011년 6월. 18대 대선에 도전하기 위해 노력하던 그가 국회를 '민생 국회'로 규정하고 쇄신을 촉구하고 있을 때 갑자기 저축은행 사태가 터지며 그의 쇄신 카드는 수면 아래로 가라앉았다.

정계 복귀 선언하자 '최순실 게이트'

2017년 1월. 손학규가 2년 2개월 동안의 전남 강진 토담집 칩거를 끝내고 여의도로 돌아오자 이번에는 정국을 올 스톱시키는 메가톤급 '최순실 사건'이 터졌고, 그의 정계 복귀는 또다시 수면 아래로 가라앉았다.

정계 복귀하자 북중 정상회담

2018년 5월 3일. 손학규는 바미당 중앙당 선거대책위원장 겸 안철수 서울시장 후보 선거대책위원장직을 수락하며 "정치에서 서툴렀던 안철수가 인재경영으로 서울을 바꿀 것."이라며 다시 정치 일선에 나섰다. 그러나 바로 뒤이어 김정은이 시진핑과 정상회담을 갖는다는 속보가 흘러나왔다….

안철수와 비트코인

안철수와 비트코인은 여러 모로 비슷한 점이 많다는데….

1. 언론에 의해 과대포장되었다.
2. 거품이 심하다.
3. 희대의 사기일지도 모른다.
4. 투자자들이 좆망했다….
5. 지지 옹호층이 비슷하다.
6. 한강 가즈아~~~!

홍준표 만수무강

홍준표가 "남북 정상회담은 청와대 주사파와 김정은이 벌이는 '눈속임쇼'다, 창원에는 빨갱이가 많다."는 둥 연일 입을 놀리며 시끄럽게 하자 네티즌들은 "홍발정은 아가리 닥쳐라." "똥을 입으로 싸냐?" "꼭 고집불통 스크루지 영감탱이 같다."고 비난했다.

그러나 민주당 한편에서는 그런 홍준표를 오히려 고마워해야 한다는 의견도 있었다.

"홍준표가 꼭 스크루지 영감처럼 굴지만, 실제 우리한테는 산타클로스 같은 존재다. 지방선거를 앞둔 시기에 홍 대표가 연일 막말을 쏟아내면 우리한테는 오히려 득이 되기 때문이다. 정말 보약 같은 존재인 것이다."

그러면서 이렇게 덧붙였다.

"막말야당이 아닌 진정한 대안야당이 필요한 우리 정치 전체적으로 보면 정말 슬픈 일이지만, 이번 지방선거의 X맨 역할을 톡톡히 해주시는 홍준표 대표님 부디 만수무강하십시오."

홍○표의 시대

민주당 새 원내대표에 홍영표 의원이 선출되자 정치권에서는 '홍○표' 시대가 열렸다는 말이 회자됐다. 민주당에는 홍 원내대표 말고도 정책위 수석부의장인 홍익표 의원이 '빅 마우스'로 활약하고 있다.

자한당도 '홍○표'가 장악하고 있다. 홍준표가 당을 장악하고 있고, 홍문표 사무총장이 6·13 지방선거 실무를 지휘하고 있다. 또 홍일표 의원도 있다.

청와대에는 문재인 정부의 경제정책을 총괄하는 홍장표 경제수석비서관이 있는데, 공교롭게도 홍 수석의 친형 이름이 홍준표다.

이렇듯 정치권에서 '홍○표'가 대세지만 그들 사이는 좋지 않다.

홍준표는 홍장표 수석을 '경제파탄의 주범'으로 지목하고 사퇴를 촉구했다.

또 민주당 홍익표 수석부의장은 홍준표가 남북 정상회담에서 거론된 민족자주 원칙 등을 들어 "김정은과 우리 측 주사파들의 숨은 합의."라고 비난한 것에 대해 이렇게 비판했다.

"민족자주 원칙은 박정희 정부 시절 합의한 7·4 남북성명과 노태우 정부의 남북기본합의서에도 들어가 있고 17대 국회에서 통과된 남북관계발전법 기본원칙에도 명시돼 있다. 홍 대표는 박정희·노태우 전 대통령도 주사파라 생각하는지, 17대 국회에서 통과한 남북관계발전법이 주사파에 의한 이적법인지 묻고 싶다."고 말했다.

홍준표가 말했다.

"홍이 홍을 물어뜯는 시대이지만 홍이라고 다 같은 홍은 아니야. 나처럼 빤스 넥타이까지 다 새빨간 홍 말고는 다 짝퉁이야!"

드루킹과 세 가지 라면

　나경원이 JTBC '썰전'에 출연하여 민주당 김경수 의원 '댓글조작 연루 의혹'에 대해 자기 주장을 펼쳤다.

　"드루킹 사건은 국정원 댓글사건보다 더 무서운 일입니다. 그 사람이 김경수 의원에게 자리를 요구한 것 아닙니까. 한 게 없으면 자리를 요구할 수 있겠어요? 정말 조직적으로 연관되어 있었다면 명백한 여론조작입니다. 철저한 수사가 뒤따라야 합니다. 그래서 우리 자한당은 특검을 주장하는 거예요. 수사를 철저히 해보고 아닌 게 밝혀지지 않으면 이 정부도 근간이 흔들리는 것입니다."

　"이것이 바로 '라면논평'입니다."

　유시민이 반박하고 나섰다.

　"지금 항간에는 세 종류의 라면이 있다. 민주당에서 조직적으로 한 일이라면, 대가를 지급했다라면, 매크로 같은 기계적 장치를 이용해서 여론조작했다라면, 세 가지다. 제가 가지고 있는 답은 셋 다 아니다. 세 종류의 라면 중 어느 하나도 해당사항이 없다는 것이다."

이명박근혜 시대

_ 적폐청산

노무현과 이명박과 박근혜

노무현은 조중동과 싸웠고
이명박은 초중고와 싸웠다.
박근혜는 대한민국과 싸웠다.

노무현은 국회의원들이 탄핵했고
이명박은 국민들이 탄핵을 요청했다.
박근혜는 촛불이 탄핵했다.

노무현은 국민 90%를 선택했고
이명박은 국민 10%를 선택했다.
박근혜는 최순실을 선택했다.

노무현은 참여정권이었고
이명박은 친여정권이었다.
박근혜는 순실이 정권이었다.

노무현 내각은 국민을 사랑했지만
이명박 내각은 돈을 사랑했다.
박근혜 내각은 말을 사랑했다.

노무현은 국민과 대화했고
이명박은 일본과 대화했다.
박근혜는 순실이와 문고리와 대화했다.

노무현은 e-지원을 만들었고
이명박은 공식문서를 대량 파기했다.
박근혜는 아무것도 안 했다.

노무현의 정책은 야당에서 발목을 잡았지만
이명박의 정책은 국민 다수가 발목 잡았다.
박근혜의 정책은 순실이가 검열했다.

노무현은 국민을 위해 헌신했고
이명박은 하나님께 서울시를 봉헌했다.
박근혜는 아버지 제사를 지냈다.

노무현은 임기 말에 욕을 먹었지만
이명박은 인수위 때부터 욕을 먹었다.
박근혜는 쫓겨났다.

노무현은 미국을 믿지 않았지만
이명박은 미국 소까지 믿었다.

박근혜는 미국을 몰랐다.

노무현은 대한민국 경제를 살리려 했고
이명박은 국가를 자신의 수익모델로 삼았다.
박근혜는 경제를 몰랐다.

노무현에게선 거짓 찾기가 어렵고
이명박에게선 진실 찾기가 어려웠다.
박근혜는 순실이만 찾았다.

노무현은 부시를 운전했고
이명박은 부시의 카트를 운전했다.
박근혜는 잤다.

노무현이 부동산 대책을 논할 때
이명박은 부동산 차명·위장 등기에 골몰했다.
박근혜는 잤다.

노무현은 끝까지 레임덕이 없었고
이명박은 시작부터 레임덕이었다.
박근혜: 그게 뭐예요?

노무현은 토론의 달인이었고
이명박은 횡설수설의 달인이었다.
박근혜: 어…, 그…, 저…, 그러니까….

노무현은 국민에게 머리를 숙였고
이명박은 미국에 머리를 숙였다.
박근혜는 머리를 올렸다.

노무현은 위대한 大통령
이명박은 위험한 代통령
박근혜는 쫓겨난 代통령

MB의 돈 떼먹는 버릇

한때 이명박의 동업자였던 김경준은 BBK 주가조작 사건으로 10년간 옥살이를 하고 만기 출소한 뒤 미국으로 강제추방당했다.

이명박이 구속되고 변호인단이 꾸려지자 김경준이 변호인단에 특별히 해줄 조언이 있다고 말문을 열었다.

"MB는 돈을 잘 떼먹는 버릇이 있으니 조심해야 한다."

김경준은 그러면서 한 가지 일화를 폭로했다.

"2000년 당시 BBK를 위해 정말 열심히 일한 한 언론인이 있었는데, 급여를 줘야 하지 않느냐고 MB에게 건의했다. 그러자 MB는 '그냥 뭘 좀 줄 것처럼 하다가 그냥 떼어먹으면 된다'는 참으로 황당한 지시를 내렸다."

그는 재차 변호인들에게 MB를 조심하라고 경고하면서 이렇게 덧붙였다.

"MB는 처음에 돈을 준다고 해놓고 나중에 언제 그랬냐는 듯이 떼어먹으려고 들 것이다. 돈을 안 떼이려면 계약을 정확히 하고, 수수료를 바로바로 청구해라."

2MB의 정의

　이명박을 '2MB'라 하는 것은 이명박 이니셜인 뜻도 있고, 용량이 2메가바이트밖에 안 된다는 조롱도 된다.

　그런데 어떤 사람은 2MB의 정의를 새롭게 주장했다.

　"2MB란 2Megaton Bomb의 약자로서 그 자체로 엄청난 재앙이다. 다스, 횡령, 4대강, 방산비리, 자원외교…. 바야흐로 대한민국을 초토화시키고 있다. 히로시마 원폭은 TNT 2만 톤짜리였고, 1메가톤은 100만 톤이다. 산술적으로 비교하자면 2MB는 히로시마 원폭의 100배인 것이다."

좋아하는 사람

노무현이 제일 좋아하는 시민은?
– 유시민, 깨시민(깨어 있는 시민).

지지하지 않는 이유

에릭이 이명박을 지지하지 않는 이유는?
– 신화는 없다.

명바기 현상

1. 명바기 아들 하는 짓 같다.

– 어떤 인물이 자기 주제를 모르고, 아비 덕 보는 걸 당연시하며, 때와 장소를 못 가리고 아무데나 싸가지 없는 복장으로 나타나 설칠 때 그런 인물이나 행위를 한마디로 표현할 때 쓰는 말.

2. 히딩크 명바기 보듯 하다.

– 대놓고 뭐라 하지는 못해도, 한없이 경멸과 조소를 보내고 싶을 때 쓰는 말.

3. 니가 명바기 가족이냐?

– 온 가족이 주제를 모르고 나서서 설치고 주접을 떨 때.

4. 명바기 사위 같은 놈.

– 근무시간에 땡땡이를 치고 개인 용무 보는 인간을 가리키는 말. 특히 땡땡이를 알면서도 아비나 장인 **빽** 때문에 자를 수 없는 상사의 안타까운 심정을 대변한다.

5. 명바기 아들이 군대 갈 일이군.

— 도저히 불가능한 현상이 벌어지거나 믿기지 않는 장면을 목격했을 때 쓰는 말. "해가 서쪽에서 뜰 일이군."의 21세기 버전.

6. 네가 명바기냐?

— 신입 주제에 안하무인격으로 설쳐대거나 농땡이 치는 놈들을 경멸할 때 쓰는 말.

7. 명바기 손짓.

— 공식석상 혹은 여러 사람 앞에서 두리번거리다가 가족이나 측근에게 뭔가 은밀히 사인을 보내 개인적인 이득을 취하는 행동을 가리킴.

이명박 별명 짓기

이름: 명박   일본: 토박

얼굴: 쥐박   생각: 천박

언행: 경박   철학: 부박

인심: 야박   취미: 구박

특기: 협박   의리: 깜박

동료: 타박   국민: 압박

서민: 핍박   사업: 피박

투기: 대박   범죄: 해박

위증: 절박   성금: 협박

경제: 쪽박   전망: 희박

정치: 도박   탄핵: 촉박

구속: 임박   현재: 포박

이명박 초기내각

　이명박 정권 초기내각은 몰양심적 수구부패 망국인사로 채워졌다. '땅을 사랑한다'고 강변한 비정상적인 사람에, 군대를 안 가거나 수십 채의 부동산을 보유한 인사들. 올바른 정신을 가진 인사도 거의 없었다. 국민들의 양심적 잣대로는 도저히 용서가 안 될뿐더러, 과거 인사청문회 잣대로도 통과 못할 인사들이 수두룩했다.

　국민들은 출범 2주 밖에 안 된 이명박 정부에 대해 한숨을 토해놓았다.

　"부동산 투기꾼 집합소가 따로 없다. 국가관, 애국심, 도덕성이라고는 눈곱만큼도 찾아보기 힘든 작자들만 끌어 모았다."

　"이놈들 전부 국세청에 신고해야 하는 것이 아닌가?"

　"앞으로 더 멋진(?) 일이 줄줄이 펼쳐질 텐데 뭐…. 이 정돈 아무것도 아니다."

　"영어 못해도 뒤질랜드, 강남 아파트 없으면 무능해서 뒤질랜드, 오른 물가에 시장 가면 눈앞이 캄캄해져 뒤질랜드, 경제를 살리겠대서 찍었는데 5년을 기다리려니 까마득해서 뒤~질랜드…. 이래저래 죄 없는 국민들만 뒤질랜드로 가고 있구나…."

개새끼

이명박이 구속되어 수감된 뒤의 일이다.

한 직장인이 술집에서 술을 마시던 중에 흥분하여 "이명박은 개새끼다!"라고 소리쳤다.

전직 대통령이 다스 실소유주임이 밝혀지고, 온갖 탈세와 사자방 비리 등이 낱낱이 밝혀졌기 때문이다.

그가 시끄럽게 목청을 높였음에도 다들 수긍하고 있었는데, 구석에 앉아 있던 누군가가 일어나 말했다.

"이의를 제기합니다!"

"뭐야, 당신 변호사라도 돼?"

남자가 묻자 그가 대답했다.

"아니, 강아지다."

그는 이명박의 아들 이시영이었다.

이명박 계산법

한국우주협회에서 가까운 미래에 처녀 발사할 우주탐사선에 탑승할 승무원을 구하고 있었다. 이번 탐사는 매우 위험해서 살아 돌아올 확률이 거의 없는 상황이었다. 응모한 사람은 홍준표·안철수·이명박 세 사람이었는데, 우주항공관이 응모자들에게 우주선 탑승의 대가로 뭘 원하는지 물었다.

홍준표: 1억을 주십시오. 그 돈으로 우리 마누라 여생이나 편안히 누리게 해주고 싶습니다.

안철수: 2억을 주십시오. 그 돈을 재단 기금으로 활용해 미래세대에게 도움이 되고 싶습니다.

이명박: 100억을 주십시오.

면접관: 아니, 왜 그렇게 많은 돈을 원하는 거요?

이명박: (목소리를 낮추며) 저한테 100억을 주시면 47억을 당신께 드리고, 50억은 제가 갖겠습니다. 그러면 우린 남은 3억으로 홍준표와 안철수를 우주에 보낼 수 있을 겁니다.

'애'가 싫어 1

대통령을 꿈꾸던 이명박은 재미교포 애리카 김과의 스캔들 때문에 여간 신경 쓰이는 게 아니었다. 언제든 대권후보 경쟁에서 아킬레스건으로 부각될 수 있었기 때문이다.

이명박이 늘 그 문제로 노심초사하다 보니 애리카 김의 '애' 자만 들어도 노이로제에 걸릴 지경이었다. 그러던 중 한 선거참모가 선거운동 상황을 보고하던 중, 말문이 막힐 때마다 "에…"라는 말을 반복했다.

짜증이 난 이 후보는 "집어치워!" 하면서 짜증을 냈다.

이때 옆에 있던 일정담당자가 말했다.

"후보님, 오후에는 영화시사회에 참석하셔야 합니다."

"그래? 무슨 영화지?"

"예, '애인'이라는 우리 영화입니다."

"뭐? 하필이면 왜…. 취소해. 급하게 다른 일이 생겼다고 해."

'애'가 싫어 2

후보 연설을 위해 유세행사장에 도착한 이명박 후보.

시장에서 번데기를 팔던 한 노인에게 물었다.

"요즘 어떠세요? 잘되나요?"

"장사가 안 돼 죽겠습니다."

"어서 경기가 살아나야 할 텐데. 나도 한 봉지주세요. 근데, 이게 뭘로 만드는 거죠?"

노인이 봉지를 건네면서 말했다.

"누에의 애벌레, 애벌레요."

"그, 그렇군요…!"

이명박은 인상을 구기고 말았다.

우연과 기적

기자: 어떻게 땅을 구입하자마자 뉴타운 지역이 되어 땅값이 폭등합니까?

이명박: 우연입니다.

기자: 기관지확장증이란 병은 쉽게 낫는 병이 아닌데 어떻게 말끔히 나았습니까?

이명박: 기적입니다.

기자: 어떻게 전국 47군데 땅을 사자마자 두 배 이상 폭등합니까?

이명박: 우연입니다.

기자: 비리가 뭉텅이로 쏟아져 나오는데 지지율은 떨어지지가 않네요?

이명박: 기적입니다.

기자: 재산비리 때마다 김재정이란 이름이 등장하더군요?

이명박: 우연입니다.

기자: 10년 이상 운하에 대해 연구해왔다는데 어떻게 발상한 거죠?

이명박: 우연입니다.

기자: 대운하 재원은 어떤 방식으로 충당할 계획이십니까?

이명박: 기적입니다.

기자: 배들이 드나들면 식수원을 오염시킬 텐데 보호할 대책은 무엇입니까?

이명박: 우연입니다.

기자: 747공약을 지킬 구체적인 방안은 무엇입니까?

이명박: 기적입니다.

기자: 지난 세월 동안 다스를 차명 소유한 비결은 무엇입니까?

이명박: 기적입니다.

기자: 현대건설, eBank 등 맡았던 회사마다 퇴임과 동시에 부실화되거나 사기당해 부도 위기에 몰렸는데?

이명박: 우연입니다.

기자: 그럼에도 불구하고 사람들이 당신을 경제대통령이라 믿는 이유는 뭘까요?

이명박: 기적입니다.

MB시대 최고의 댓글

Boys, Be Ambitious_ 소년이여, 야망을 가져라.

Boys, be MB shuts_ 소년이여, MB 입 좀 막아라.

구호

굴욕적인 한미 쇠고기 협상이 타결되자 시민들이 밤마다 촛불을 들고 청계광장으로 몰려들었다. 촛불시위의 '배후세력'과 '광우병 괴담의 전파자'는 기자도, 매일 밤 청계광장으로 몰려드는 시민들도 아니었다. 미국산 쇠고기를 '100% 안전하다' 강변해 국민들의 불안감을 증폭시키고, 굴욕적인 쇠고기 협상을 타결해 '광우병 괴담'을 떠돌게 한 것은 정부였다.

다음은 촛불시민들의 눈에 띄는 구호 몇 가지.

"이명박을 오사카로! 최시중을 술집으로! 유인촌을 양촌리로! 청수형제 교도소로!"

"민영화는 청와대부터!"

"싸고 질 좋은 대통령부터 수입하자!"

뇌물과 저축

기자: 빵집에서 2억, 스님한테서 3억, 국회의원 하고 싶어 하는 여자한테서 4억…. 대통령 뇌물치고는 사이즈가 좀 창피하지 않습니까?

이명박: 무슨 소리? 4대강, 자원외교 무시하는 거야?

기자: 큰 거 챙겼으면 자잘한 건 좀 놔두지 그러셨어요.

이명박: 푼돈 무시하고 부자 된 사람 못 봤어. 저축이나 마찬가지라구.

노블레스 오블리주

정부 각료를 모아놓고 '노블레스 오블리주'를 실천하겠다는 이명박에게 한 누리꾼은 이렇게 댓글을 달았다.

– 노블레스 오블리주? 땅불리스 돈불렸겠제!

민감한 질문

 MB가 G20정상회의 기간 중에 열린 각국 정상들과의 회담에 참가
했다.
 한미 공동기자회견장에서 한 경제지 기자가 질문했다.
 "미국의 정책으로 한국에 투기자금이 유입될 우려는 없겠습니까?"
 그러자 MB는 그 기자한테 눈총을 주며 말했다.
 "에이, 그렇게 민감한 질문은 오바마 대통령이 없을 때 해야지…."
 회견장은 웃음바다가 되었다.

이명박의 '라구요'

 오사카 성 아래 피어 있는 사쿠라를 본 적은 없었지만
 그 노래만은 너무 잘 아는 건 명박 레퍼토리
 그중에 18번이기 때문에
 고향 일본 생각날 때면 사케가 필요하다 하시고
 눈물로 지새우시던 우리 명박
 이렇게 얘기했죠
 죽기 전에 꼭 한 번만이라도 가봤으면 좋겠구나
 라구요

이명박 반면교사

1. 전과 14범도 사회에 진출하여 잘살 수 있다는 희망을 안겨준 점.
2. 부동산을 위한 위장전입을 26번 해도 고위공직자가 될 수 있다는 희망을 준 점.
3. 낙수효과 같은 허황된 소리를 해도 선거에서 승리할 수 있다는 것을 발견한 점.
4. 공약은 거짓말을 해서라도 반드시 지킨다는 점(한반도 대운하 공약이 반대에 부딪히자 '4대강 살리기'라는 말도 안 되는 거짓으로 공약을 실천함).
5. 재개발 지역에서는 지역민을 무력으로 몰아내는 것이 가능하다는 것을 전 국민에게 보여준 점(용산참사).
6. BBK 등 비리를 저질러도 피해갈 수 있으니 기회가 왔을 때 돈을 벌어야 한다는 기회주의를 실천한 점.
7. 대한민국에서는 민주주의를 후퇴시켜도 정권을 재창출할 수 있음을 일깨워준 점.
8. 자원외교를 빙자하여 수백 조에 달하는 세금을 쏟아붓고도 대한민국이 망하지 않고 멀쩡하게 잘 굴러간다는 사실을 일깨워준 점.

아주 특별한 재주

기자: 다스는 누구 겁니까?

이명박: 내 친형을 비롯한 가족회사일 뿐 나와는 아무 상관없다.

기자: 국정원 뇌물을 받아 썼다는 혐의는?

이명박: 나라를 위해 썼을 뿐이다.

기자: 해외로 도피한 김유찬 씨는 대선 당시 마대자루에 돈을 실어 날랐다, 기자들 술 접대에 촌지를 쥐어주고 입막음했다고 주장하고 있는데….

이명박: 모두 일방적인 주장일 뿐이다. 나에게는 나의 주장이 있다. 나는 도덕적이며 정직하고 무소유 정신을 사랑하며 나에 대한 모든 혐의는 정치보복일 따름이다.

기자: 해외에 숨겨놓은 비자금이 천문학적이라 그 액수를 알면 뒤로 나자빠질 정도라고 합니다. 옆에서 겪어본 결과 MB는 돈에 환장한 천박한 인간이라고….

이명박: 나에 대해서 잘 모르고 하는 소리일 뿐이다.

기자: 주위 측근들이 모두 죄가 인정되어 줄줄이 구속되거나 해외로 떠돌고 있습니다. 여기에 대해서 하실 말씀이 있다면?

이명박: 나는 나를 만나는 모든 사람을 파란만장한 인생으로 만드는 아주 특별한 재주가 있다….

내 돈 내놔

이명박이 밤길을 가다가 강도를 만났다.
"너, 가진 돈 다 내놔!"
"어찌 감히···. 난 이 나라 대통령이다."
그러자 강도가 말했다.
"그래? 그럼 내 돈 돌려줘!"

부자가 되는 비결

한 사업가가 큰 권력을 잡아 부자가 된 이명박을 찾아가 비법을 물었다.

"저도 대통령님처럼 큰 부자가 되는 것이 꿈입니다. 어떻게 하면 되는지 비결을 좀 일러주십시오."

이명박이 딱 잘라 말해주었다.

"그건 아주 쉽지. 오줌을 눌 때 한쪽 발을 들면 돼."

"그게 무슨 말씀이죠? 그건 개들이나 하는 짓이 아닙니까?"

이명박이 말했다.

"바로 그거야. 사람다운 짓만 해서는 절대로 큰돈을 벌 수가 없지!"

이명박 망언 시리즈

"내가 해봐서 아는데…."

"우리 집안 가훈은 '정직'이다."

"법정스님의 『무소유』를 가장 감명 깊게 읽었다."

"(BBK 사건에 대해) 사실 나는 사기당한 피해자다."

"한쪽 눈을 감고도 20조는 줄일 수 있다."

"되는 곳에 충청도표가 따라가서 이기는 것 아니냐."

"투기를 목표로 (집을) 옮기는 것은 정부가 관여할 일이 아니다. 세금만 잘 걷으면 된다."

"(낙동강 갯벌 삽질 후) 이 속이 다 썩은 흙을 보면 놀랄 것이다."

"일해는 횟집이 아니냐?"

"부산 사찰 다 무너지게 하소서."

"손바닥으로 햇볕이 가려지나?"

"날 죽이려고 세상이 미쳐 날뛴다."

"돈 없는 사람이 정치하는 시대는 지났다."

"난 그 시대의 도덕성 기준에 벗어나지 않았다."

"당원 동지 여러분, 저를 믿습니까? 믿습니까? 우리 모두 저를 믿습니까?"

"부실교육의 핵심은 교육을 책임진 사람들이 모두 시골 출신이라는 데 있다."

"인도 노동자들은 노조를 못 만드는 게 아니라 스스로 프라이드(자부심)가 있어서 안 만든다."

"나를 비난하는 사람들을 보면 70~80년대 빈둥빈둥 놀면서 혜택을 입은 사람들인데, 비난할 자격이 없다고 본다."

"맛있고 싸기 때문에 미국산 쇠고기를 좋아한다."

"낙동강, 충청도에 운하가 생기면 천지가 개벽할 것이다."

"(재래시장 할머니에게) 인터넷으로 물건을 팔아보라."

"(복지예산 현실화를 요구하는 글귀를 새긴 옷을 입은 1인 시위자에게) 그 정도 옷을 사 입을 정도면 월급이 많은 거다."

"(등록금 납부에 허덕이는 대학생에게) 장학금을 받아라."

"한나라당이 정권을 잃은 지 10년은 됐는데 아직도 건재한 거 보면 하나님의 가호다."

"나를 찍지 않을 사람은 투표하러 안 나와도 괜찮지만 나 찍을 사람들은 다 나와야 한다."

"군대를 동원해서라도 수도 이전을 막겠다."

"근로자는 자원봉사하는 심정으로 일해야 한다."

"초등학교 때부터 국어와 국사를 영어로 강의하면 어학연수를 가도 불편함이 없을 것이다."

"운하를 건설하고 배를 띄우면 물이 정수가 돼서 깨끗한 물 마실 수 있다."

"BBK를 설립했지만 나와는 아무런 관계가 없다."

"(88만 원 세대에도 끼지 못하는 젊은 구직자에게) 눈높이를 더 낮추라."

"(멜라민 파동에 대해서) 멜라민 함유량을 꼭 표기해라."

"(일본 방문 중에) 과거사 인식은 일본의 몫이고 우리는 관여할 바 아니다."

"선거 때는 무슨 말인들 못하겠나?"

"여러분 이거 다 거짓말인 거 아시죠? 새빨간 거짓말입니다, 여러분!"

이명박의 '되고송'

등록금 비싸면 장학금 타면 되고
기름 값 오르면 걸어다님 되고
청년실업 되면 창업하면 되고
물가 오르면 아껴 쓰면 되고
라면 값 오르면 쌀국수 먹으면 되고
병원비 비싸면 안 아프면 되고
언론 시끄러우면 돈 쥐어주면 되고
미국과 친해지고 싶으면 차 운전하면 되고
쇠고기시장 개방하라면 개방하면 되고
검역주권 포기하라면 포기하면 되고
광우병 걱정되면 안 사먹으면 되고
그래도 걱정되면 한우 먹으면 되고
축산농가 어려우면 1억짜리 소 키우면 되고
게을러서 집 못 사면 노숙하면 되고
되는대로 꼴리는 대로 살면 되고….

무술옥사

　이명박은 16개 혐의로 구속이 확정되자 자신의 트위터에 미리 준비한 성명문을 발표했다. 구속되기 전에 미리 작성해 비서실에 맡겨 놓은 것을 검찰의 기소 시점에 맞춰 공개한 것이다.

　"나를 겨냥한 수사가 지난 10개월 이상 계속됐다. 댓글 관련 수사로 조사받은 군인과 국정원 직원 200명을 제외하고도 이명박 정부 청와대 수석, 비서관, 행정관 등 무려 100여 명이 넘는 사람들이 검찰 조사를 받았다. 이것은 가히 무술옥사(戊戌獄事)라 할 만하다. 나는 이제부터 내가 역사에 어떻게 남을 것인가만 생각하겠다."

박근혜식 썰렁 유머

한물간 썰렁 개그를 재현하며 한때 정치계 '유머의 여왕'으로 떠올랐던 박근혜식 썰렁 유머 시리즈.

충청도 사람들의 개고기 권유

박근혜: 충청도에서 '개고기 먹을 줄 아세요?'라는 말을 뭐라 하는 줄 아세요?

정답: 개 혀?

일동 폭소.

박근혜: 그래서 이때 '개고기 조금 먹는다'란 대답을 어떻게 하는 줄 아세요?

정답: 좀 혀.

충청도 사람들의 말줄임법

박근혜: 충청도 사람들이 말이 느리다고 하는데, '춤을 추자'고 할 때 짧게 말하는 방법이 무엇인지 아세요?

정답: 출껴?

공대 출신의 폭탄주 제조법

박근혜: 제가 공대 출신인 거 아시죠? 이공계는 폭탄주도 과학적으로 제조해요. 소맥 비율과 술 따르는 각도는 물론 잔을 잡아 건넬

때 손가락을 통해 전해지는 자외선까지 감안하죠. 그래서 다들 제가 만든 폭탄주가 맛있다고 해요, 호호~!

일동 폭소.

박근혜: 자, 이쯤에서 우리 기분 좋게 건배 한번 하죠. 제가 선창할 테니까 여러분도 같이 외쳐주세요. 구호는 '더불어!'

버스 개그

경상도 할머니가 외국인에게 버스를 보며 이렇게 말했어요.

할머니: 왔데이(What day).

외국인: 먼데이(Monday).

할머니: 버스데이(birthday).

외국인: 해피 버스데이(Happy birthday).

할머니: 시내버스데이.

기울어진 지구본에 대한 관련자 입장

박근혜: 장학관이 어느 학교를 방문해 '지구본이 왜 기울어졌느냐'고 물었어요. 이때 사람들은 뭐라고 했을까요?

학생: 제가 안 그랬어요.

선생님: 살 때부터 그랬어요.

교장선생님: 국산이 원래 그렇잖아요?

화성인들이 인간을 본다면

박근혜: 화성인들이 인간을 보고 뭐라고 할까요?

정답: 물(화성인은 인간의 몸을 투시해 보는데 인체의 70%가 물이므로).

대구 사람들의 말줄임법

박근혜: '할머니, 비켜주세요'를 세 글자 대구말로 하면?

정답: 할매 쫌.

박근혜: '할머니, 비켜주세요'를 한 글자 대구말로 하면?

정답: 쫌.

작심삼일

박근혜는 최경환과 문형표, 안종범이 새해 들어 담배를 끊었다는 소식을 듣고 말했다.

"새해 작심삼일이란 얘기가 있다. 근데 작심삼일을 극복하는 길은 삼일마다 결심을 하면 된다고 한다."

점심에 못 먹는 두 가지

박근혜가 물었다.

"점심에 먹을 수 없는 두 가지를 아십니까?"

참석자들이 어리둥절해했다.

"아침식사(breakfast)와 저녁식사(dinner)죠."

새우가 고래를 이긴다

박근혜가 말했다.

"새우와 고래가 싸우면 누가 이길까요? 새우는 깡이고 고래는 밥
인데요."

공통점

박근혜: 국회의원과 코털의 공통점이 뭔지 아십니까? 정답은 둘
다 신중하게, 조심해서 뽑아야 한다는 것이죠.

그걸 믿니

박근혜가 말했다.

"혹시 '우리는 최고 미남미녀다'를 네 글자로 줄이면 뭔지 아세요?
답은 '그걸 믿니'입니다."

식인종

새누리당 의원들이 말했다.

"안철수가 야권을 흡수해서 민주당을 잡아먹지 않겠나?"

"아니지. 전통 있는 민주당이 결국 안 의원을 잡아먹겠지."

의원들의 갑론을박에 박 대통령이 끼어들어 말했다.

"그분들이 식인종이에요? 서로 잡아먹게?"

약사들에게 박수 받은 유머

박근혜: 직장을 잃어 좌절에 빠진 사람에게 친구가 '세월이 약'이라고 위로하자 실직자 친구가 뭐라고 했을까요?

정답: 세월이 약이면 음력은 한약이고 양력은 양약이냐?

바보가 먹고사는 법

박근혜: 어느 마을에 1천 원짜리 지폐와 1만 원짜리 지폐를 내놓으면 꼭 1천 원짜리를 갖는 바보가 살았어요. 마을사람이 그 바보에게 화를 내며 '멍청하게 굴지 말고 1만 원짜리를 받아'라고 충고했더니, 바보가 그 사람에게 뭐라고 했게요?"

정답: 바보 같은 소리 마쇼. 내가 1만 원을 가지면 사람들이 또 돈을 주겠어?

공부 편식 금지

박근혜: 공부 못하는 아이가 성적표를 받아왔어요. 전 과목이 '가'인데 딱 한 과목만 '양'이었죠. 아버지가 아이의 성적표를 보고 한마디 했는데, 뭐라고 했을까요?"

정답: 골고루 공부해야지, 너무 한 과목에만 치중하면 안 된다.

얼짱 박근혜

박근혜: 대학 때 제가 공대 얼짱이 됐잖아요? 여학생이 둘뿐인데 한 명이 유학 가서 혼자가 돼 공대 얼짱이 됐어요. 호호호~!

이거 너무 쪼그매서

박근혜가 서울 성북구에 있는 숭인초등학교를 찾았다. 방과후 돌봄교실에 참석하여 '수박 가방 만들기' 작업을 참관하며 어린이들과 짧은 대화를 주고받았다. 그런데 이때 박근혜와 어린이 사이의 대화 내용이 공개되며 논란이 불거졌다.

박근혜가 한 어린이에게 물었다.

"이거 만들어서 누구에게 선물하고 싶어요?"

아이가 "엄마."라고 대답하는 장면까지는 자연스러웠다.

그런데 그 후 어린이의 대답에 대한 박 대통령의 반응이 황당했다.

"엄마? 엄마가 좋아하실까? 이거 너무 쪼그매서 엄마가….."

"…?"

그 순간 이를 지켜보는 이들의 마음은 난감하기 짝이 없었다.

어린이를 상대로도 유감없는 유체이탈 화법을 구사하는 박근혜.

어안이 벙벙해지는 박근혜의 발언은 그 후로도 이어졌다.

이번에는 수박 가방에 씨를 붙이고 있는 다른 어린이에게 다가가 더니 이렇게 말했다.

"이건 수박씨 같지가 않은데?"

그 순간 현장은 다시 한 번 얼어붙고 말았다.

박근혜의 시련

　박근혜의 연설은 '어떻게 세운 나라인데…'식의 애국심 모드가 주를 이루는데, 때때로 조크를 이용해 청중과의 정서적 거리감을 좁히려는 노력도 엿보였다.

　한나라당 대표 시절, 특강 초청을 받은 박근혜가 굳은 얼굴로 옛 청와대 시절을 회고했다.

　"청와대에서 고통이 컸습니다. 숨쉬기조차 고통스러울 때도 있었지요. 오죽했으면 그때 쓴 수필집 제목이 '평범한 가정에서 태어났더라면'이었겠습니까."

　강의실에 모인 300명의 청중들은 숙연해졌다.

　박근혜가 물어보았다.

　"혹시 여기에 그 책 읽은 분 있으신가요?"

　아무도 손을 드는 사람이 없었다.

　"그 책이 많이 안 팔렸습니다."

　박근혜가 말했다.

　"그것도 저에겐 커다란 시련이었습니다."

　강의실은 웃음바다가 되었다.

길라임의 TV 시청

정규재(한국경제신문 논설고문): 대통령께서 국민과 소통이 잘 안 되신다는 말이 있습니다. 저녁시간엔 뭘 하십니까? TV 드라마라도 보십니까?

박근혜: 그렇게 뭐 드라마를 많이 볼 시간은 없고… 뭐 그런 식으로 시간을 보냈어요…. 그러면서 지금까지 여러 가지 일을 해왔는데… 그 일을 해낼 수가 없었겠죠…. 밀린 서류들이 뭐 하루만 지나도 이렇게 쌓이고 그러는데, 그거는 봐야 한다고 생각을 해요…. 그래서 시간 날 때마다 어떤 때는 저녁때도 이렇게 쭉 보고…, 또 뭐 필요하면 주말에도 또 보고….”

박근혜가 차움병원의 VIP 시설을 이용하면서 ‘길라임’이라는 가명을 사용했다는 언론 보도가 나왔다. ‘길라임’은 SBS 인기 드라마 ‘시크릿 가든’에서 배우 하지원이 맡았던 극 중 여주인공의 이름이다.

특검은 또 박근혜와 조윤선 전 문화체육관광부 장관의 문자메시지 내용을 공개했다.

“대통령님, 시간 있을 때 ‘혼술남녀’ ‘질투의 화신’이라는 드라마나 ‘삼시세끼’를 보시면 좋을 것 같아요.”

박근혜 망언 시리즈

1. 2015년 5월 1일 어린이날 꿈나들이 행사에서.

"정말 간절하게 원하면 전 우주가 나서서 다 같이 도와줍니다."

2. 대통령 후보 등록 입장 발표문을 낭독하면서.

"저는 15년 동안의 대통령직을 사퇴합니다…. 아, 제가 뭐라고 했습니까? 다시 하겠습니다…."

3. 2007년 5월 세종로포럼 초청 특강에서.

"저는 결혼도 하지 않았고 가족도 없어서 저에게는 국민이 가족이고, 여러분이 최우선입니다."

4. 문재인과 토론회 중 대학교 반값 등록금 문제에 대하여.

"제가 대통령이었으면 진작 했어요."

5. 2007년 1월 노무현 대통령이 개헌을 제안하자.

"참 나쁜 대통령이다. 국민이 불행하다. 대통령 눈에는 선거밖에 안 보이나?"

6. 2015년 11월 국무회의에서.

"자기 나라 역사를 모르면 혼이 없는 인간이 되는 것이고, 바르게 역사를 배우지 못하면 혼이 비정상이 될 수밖에 없습니다."

7. 제71주년 광복절 경축식장에서.

"안중근 의사께서는 차디찬 하얼빈의 감옥에서 '천국에 가서도 우리나라의 회복을 위해 힘쓸 것'이라는 유언을 남기셨습니다." (안중근 의사가 숨진 곳은 뤼순 감옥이라고 청와대가 추후 정정함.)

8. 2014년 신년 기자회견에서.

"저는 한마디로 통일은 대박이다, 이렇게 생각을 합니다."

9. 2012년 힐링캠프에서.

"바쁜 벌꿀은 슬퍼할 시간도 없다."

10. 2012년 경기도당 선거대책위원회 출범식에서.

"전화위기의 계기로 삼아서…."

11. 2007년 7월 한나라당 경선후보 토론회 중.

"어떻게 하면 이산화가스, 산소가스를 배출하는데, 그… 심각한 문제라고 생각합니다."

12. 2016년 11월 두 번째 대국민사과문 발표.

"내가 이러려고 대통령을 했나 하는 자괴감이 들 정도로 괴롭기만 합니다."

13. 2011년 9월 인천고용센터 방문 도중 기자가 '안철수의 지지율'에 관해 질문하자.

"병 걸리셨어요?"

14. 2012년 8월 새누리당 대통령후보자 서울 합동연설회에서.

"네거티브에 시달려 멘붕 올 지경입니다."

국경일

박근혜가 일본을 국빈 방문해 일왕을 만났다.

일왕이 자랑하며 말했다.

"내가 손만 한번 흔들어도 시민들이 환호합니다."

이에 뒤질세라 박근혜가 자랑했다.

"저도 온 국민을 환호하게 할 수 있습니다. 제가 행동에 옮기면 아마 그날이 국경일이 될 것입니다."

일왕이 놀라워하며 물었다.

"어떻게 하면 그렇게 할 수 있습니까?"

박근혜가 말했다.

"제가 대통령을 그만두면 그렇게 됩니다."

국정농단 독서클럽

　박근혜 파면 후 1년이 지난 현재 국정농단 주범들의 재판이 진행 중인 가운데 이들의 구치소 수감생활, 특히 독서목록이 관심을 모았다.

　박근혜: 대망, 객주, 토지 같은 장편소설과 바람의 파이터 같은 만화. 궁극의 스트레칭.
　우병우: 자치통감.
　최순실: 독서는 하지 않고 외부와 활발한 서신 교류를 하고 있으며, '옥중 회고록'을 집필하기 시작했다는 소문이 있다. 가제는 '나는 누구인가'
　차은택: 가면산장 살인사건, 데드맨 등 추리소설.
　안종범: 위기의 경제학, 문명의 충돌.
　김종: 예스 주석성경.

슬기로운 감방생활

이명박: 요즘 어떻게 지내십니까?

박근혜: 뭐 별일 있나요? 먹고 드러누워 자고 책 보고 TV 보고…. 아무래도 배 깔고 만화책 보는 게 최고죠. 바람의 파이터, 거 몇 번을 봐도 질리지가 않데!

이명박: 긍정의 마인드가 참 보기 좋습니다.

박근혜: TV 채널이 하나뿐이란 게 답답하지요. 녹화도 안 되고….

이명박: 그나저나 밖엔 봄이 온다는데.

박근혜: 그러니까요. 우리가 물러나니까 평양까지 봄이 온다고.

이명박: 정말 '총 맞은 것처럼' 북한 분위기 달라졌어요.

박근혜: 맞아요. 세상이 어떻게 이렇게 하루아침에 확 바뀔 수가 있는 건지, 원.

이명박: 전에도 그랬어요. 근혜님이 구속되니까 갑자기 물속에 있던 세월호가 막 떠오르고….

박근혜: 누구는 뭐, 감방에 들어가자마자 바로 잊히던걸요 뭘.

이명박: 맞아. 나 여깄다, 이것들아! 왜 구속시켜놓고 신경도 안 쓰냐고. 정상회담이다 뭐다 북한만 쳐다보고…. 나한테 집중해, 이것들아! 내 댓글부대는 다 어딜 간 거야?

박근혜: 돈줄 끊어졌는데 무슨 댓글부대를 찾고…. 원세훈이도 구속됐잖아요.

이명박: 그, 그랬지.

박근혜: 나도 있었는데, 십자군 알바단.

이명박: 한동안 참 맛있게 이용해 먹었지.

박근혜: 그랬지요. 국정원, 기무사, 경찰, 국가기관 총동원해서 댓글부대찌개 자글자글 잘 끓여먹고….

이명박: 꿀 먹은 기레기 이용해서 애피타이저까지.

박근혜: 메인 디시는 결국 나라국밥.

이명박: 국물까지 빡빡 비우고, 곳곳에 빨대 꽂고 쪽쪽 잘도 빨아먹었지.

박근혜: 관권선거, 여론조작 잘 해먹다가 요즘엔 자한당도 드루킹 특검한다고…. 차암, 정말 몰랐을까요?

이명박: 에이, 몰랐다는 게 말이 됩니까? 너나없이 다 같이 해먹다가 재수 없게 딱 하나가 걸린 거지.

박근혜: 그나저나, 요즘엔 정말 내가 이러려고 대통령을 했나 자괴감이 들고….

이명박: 나두. 이러려고 부시 카트 몰아줬나 싶고….

박근혜: 그래도 참 열심히 하셨잖아요. 다스에 자원외교, 4대강, 방산비리….

이명박: 암요, 참 열심히 했지요!

박근혜: 다스야 그렇다 치고, 자원외교만 해도 그래요. 탄광이나 유전이 돈을 흡입하는 건 아닐 테고, 결국 그 돈이 누구 통장 누구 계좌에 꽂혔는가, 그 뭉칫돈이 어디로 흘러가 저수지를 이루고 있는지 그걸 알아내야 압수할 텐데….

이명박: 왜 이러셔? 스위스에 박혀 있는 선대 비밀계좌 내가 모를 것 같아서?

박근혜: 무슨 근거로 그런 헛소리를 하세요?

이명박: 내가 묻으러 갔더니 벌써 거기 있더만. 깜짝 놀랐어요!!

박근혜: …. 그나저나 입맛은 어때요? 밥은 먹을 만해요?

이명박: 입이 좀 깔깔하지만 잠도 잘 자고 물욕도 빵빵하지요. 근혜 씨도 골방에 혼자 있지 말고 어울려서 노역이라도 좀 하면 잠도 잘 오고….

박근혜: 날더러 일을 하라고? 냅둬요. 난 안 그래도 잠 잘 자니까.

이명박: 하긴 일하는 모습이랑 가장 안 어울리는 사람이니까.

박근혜: 부럽네요. 잠도 잘 자고 갇혀서도 욕심을 낸다니까.

이명박: 남자는 밥숟가락 들 힘만 있어도, 문지방 넘을 힘만 있어

도 돈 벌 생각을 한다…. 뒷주머니 가득 챙겨야 한다.

박근혜: 밖에서는 빵집도 절간도 털어먹었는데 빵에서는 털어먹을 게 없어서 어째요?

이명박: 천만에! 불가능을 가능케 하라! 강산도 털어먹고 다리 밑 거지똥구멍도 털어먹는 난데, 어디서든 털어먹을 건 있다! 변화된 환경에 적응하는 것만이 살 길이다. 곧 다인실로 옮겨달라고 해서 빵잽이들한테 내 노하우를 전수해주는 거지. 너 가진 거 얼마? 내가 두 배로 만들어줄게. 하다못해 면회 온 애들까지 탈탈 털어먹는 거지. 내 지론이 뭔지 알아요? 어디서나 털어먹을 건 다 있다! 돈은 피보다 진하다….

이니와 으니

사람이 먼저다

대통령 취임식장에서 문 대통령이 말했다.

"상식이 통하고 정의가 살아 있는 나라, 국민과 함께하고 국민이 힘들 때 위로할 줄 아는 대통령, 정상적으로 돌아가는 새로운 대한민국. 국민이 먼저입니다. 사람이 먼저입니다. 대한민국은 쥐와 닭이 설쳐대는 동물농장이 아닙니다."

유머와 뚝심

문재인: 우리가 무슨 홍길동입니까? '3'을 삼이라고 읽지 못하고, 꼭 '쓰리'라고 읽어야 합니까?

기자: 그럼 '5G'는 어떻게 읽죠?

문재인: 오지.

재미없었겠구나야

북한『로동신문』은 2017년 8월, '원아들의 웃음소리'라는 제목의 기사에서 김정은이 농담을 건넨 일화를 소개했다.

유치원을 방문한 김정은 국무위원장이 한 꼬마 원생에게 물었다.

"지금 모여서 뭘 하고 있었네?"

꼬마가 또랑또랑한 목소리로 대답했다.

"아버지 원수님(김정은)이 나오는 텔레비 프로그램을 보고 있었시오."

김정은이 아이의 머리를 쓰다듬어주며 빙그레 웃었다.

"거 재미없었겠구나야!"

쏘지 마 1

김정은: 형, 내일 점심은 내가 한턱 쏠게.
문재인: 아니야, 내가 쏠게. 넌 앞으로 아무것도 쏘지 마.

쏘지 마 2

백지영: 총 맞은 것처럼~~ 가슴이 너무 아파~~!
문재인: 정은아, 총 쏠을 생각 하지 마. 아프다잖아….
김정은: 알갔습네다. 기런 일 없을 테니 두발 쭉 뻗고 주무시라요.

김정은 패러디

온 국민이 생중계로 지켜본 판문점 정상회담 후 김정은 북한 국무위원장에 대한 이미지가 확 달라졌다. 그간 폐쇄 국가의 지도자로 주로 지탄과 조롱의 대상이었다면, 그 특유의 제스처와 달변의 화술이 그간의 이미지를 불식시키기에 충분했던 것이다. 그래서인지 온라인과 오프라인에서 김정은의 이미지를 활용한 '유머'가 봇물처럼 번졌다.

한 온라인 커뮤니티에서는 배달 서비스앱 '배달의 민족'을 패러디해 김정은이 냉면을 배달하는 합성사진을 올렸다. 그가 "멀다고 말하면 안 되갔구나."라며 옥류관 철가방을 든 모습이었다.

서울 시내 한 통신사 대리점에 붙은 광고에는 "봄이 왔습네다. 장거리 폭탄 세일!"이란 문구와 함께 폭탄 옆에 기댄 김정은 캐리커처가 등장했다. 북의 핵실험을 풍자해 휴대전화 가격 할인을 홍보한 것이다.

문재인 대통령과 김정은 위원장의 돈독한 모습을 빗댄 글도 여럿 올라왔다. 문 대통령과 김 위원장이 함께 군사분계선을 넘는 사진에는 "평창 올림픽 마스코트인 반다비와 수호랑을 닮았다."는 글이 공유됐다.

또 스페이스킴(SpaceKim)이라는 풍자 암호화폐도 등장했는데, 김정은과 북한정권을 패러디한 가상의 암호화폐였다.

너구리 눈

　평양의 화장품 공장을 방문한 김정은 위원장이 마스카라의 품질 문제를 지적하면서 뼈 있는 농담을 던졌다.
　"외국산은 물속에 들어가도 그대로인데, 국산은 고작 하품만 해도 너구리 눈으로 변해버리니 어케 된 일이가?"

트럼프의 핵단추

　김정은과 도널드 트럼프의 말싸움은 한반도는 물론 전 세계를 긴장시키기에 충분했다.

　트럼프: (2017년 7월 북한이 대륙간탄도미사일 '화성—14호'를 발사하자) 북한은 지금껏 한 번도 보지 못한 '화염과 분노'에 직면하게 될 것이다.

　김정은: 괌에 미사일 포위 사격을 검토하겠다.

　트럼프: (9월 유엔총회 기조연설에서) 김정은은 로켓맨이다. 지금 자살임무를 수행하고 있다.

　김정은: 트럼프는 노망난 늙은이에 불망나니, 깡패다.

　트럼프: 리틀 로켓맨! 병든 강아지가 입만 살아서….

　김정은: 내 책상에는 언제든 누를 수 있는 핵단추가 있다.

　트럼프: 나도 있다. 내 것이 더 크다!

　두 사람이 서로 맞부딪치는 모습은 어린아이들의 유치한 힘자랑처럼 느껴졌지만 그 대상이 '핵'이라는 점에서 무시 못할 위협이었다. 그러나 다행히도 두 사람의 상호 비방전은 핵단추 설전을 고비로 급격히 해빙 무드를 맞았다.

그런데 트럼프가 핵단추라고 주장했던 책상 위 빨간 단추가 실은 '콜라 주문용'이었다는 폭로가 나왔다.

미 CBS 마크 놀러 기자는 자신의 트위터에 트럼프 집무실 책상 사진을 올리면서 이렇게 썼다.

"우리가 아는 대통령 책상 위 버튼은 다이어트 콜라를 호출하지만, 핵미사일을 발사하지는 않는다."

실제 트럼프의 책상에는 콜라를 호출할 때 쓰는 빨간 버튼이 놓여 있고, 버튼을 누르면 집사가 다이어트 콜라를 들고 들어왔다. 트럼프는 매일 12캔의 다이어트 콜라를 마신다고.

놋쇠 인형

문재인이 골동품 상점에 들어가 놋쇠로 만든 쥐를 골랐다.

골동품상이 말했다.

"놋쇠 쥐는 1만 원이지만, 거기에 숨겨진 비밀은 1억을 호가하오. 어떻소, 둘 다 사시겠소?"

문재인이 말했다.

"돈도 없으니 그냥 놋쇠 쥐만 살게요."

그렇게 놋쇠 쥐를 사갖고 나온 문재인은 문득 이상한 느낌이 들었다. 한 무리의 쥐떼가 자신을 뒤따라오는 것이 아닌가.

문재인이 부산신항 부두로 향했을 때 쥐떼는 더욱 불어나 있었다.

문재인이 바닷물에 놋쇠 쥐를 던지자 쥐떼들이 모두 바다에 빠져 죽었다.

문재인은 곧바로 다시 그 골동품 상점을 찾았다.

"그래, 이번엔 비밀을 사러 오셨구먼?"

문재인이 말했다.

"아니요. 놋쇠로 만든 닭은 없습니까?"

냉면 대란

판문점 남북 정상회담 만찬 메뉴가 공개됐다.

고 윤이상 작곡가의 고향에서 온 통영 문어냉채, 고 김대중 전 대통령 고향 신안 가거도의 민어와 해삼초를 이용한 편수, 부산의 대표적 생선인 달고기 구이, 서산 목장의 한우 고기, 김해 봉하마을 쌀과 DMZ 산나물로 만든 비빔밥과 쑥국, 도미찜과 메기찜, 김정은 위원장이 유년 시절을 보낸 스위스의 뢰스티(스위스식 감자요리)를 우리식으로 만든 감자전 등으로 모두 "우리민족의 통일을 위해 애쓴 분들의 뜻을 담아 준비했다."고 밝혔다.

그러나 단연 화제는 북에서 가져온 평양 '옥류관 냉면'이었다.

북측은 만찬에 옥류관 냉면을 제공하기 위해 판문점 북측 통일각에 제면기를 설치하고 옥류관 수석요리사를 불러 면을 뽑아서, 만찬장인 남측 평화의 집으로 직접 배달하여 옥류관 평양냉면의 맛을 그대로 재현한 것이다.

이 소식을 접한 누리꾼들의 반응이 뜨겁게 달아올랐다.

"정상회담에 평양냉면을 가져오다니 역시 배달의 민족!"
"갑자기 평양냉면이 땡긴다."
"이제부터 4월 27일은 냉면의 날!"
"김정은은 미사일 쏘지 말고 평양냉면만 쏘라."

"남한 사람들이 평양냉면에 눈 뒤집고 달려드는 거 알려준 사람 누구야, 이 국가보안법 위반자들아!"

"자고 일어나보니 냉면이 세상을 지배했다."

"기차 타고 평양냉면 먹으러 갈 수 있는 날을 고대한다."

"평양냉면 가져왔으니까 우린 양념치킨 주자. 이것이 평화다."

"문 대통령은 명심하십시오. 이번 회담의 최우선 과제는 옥류관 서울점입니다."

"무슨 소리, 평양과 서울은 가까우니 옥류관 부산점부터 내달라."

"내비게이션 찍어보니 서울시청에서 평양 옥류관까지 3시간 34분 이면 가능하다. 서울점이 힘들면 판문점점이라도 서둘러라."

청와대 국민청원 게시판에는 남한에서도 평양 옥류관 냉면을 먹게 해달라는 청원이 100건 가까이 올라왔고, SNS에서도 단연 화제로 등극해 트위터 실시간 트윗 1위를 평양냉면이 차지해 남북 정상회담을 2위로 밀어내는 기현상이 벌어졌다.

을밀대, 필동면옥 등 서울 유명 평양냉면 전문점 앞에는 길게 늘어선 사람들로 인산인해를 이뤘다. 마트와 편의점용 냉면도 동이 날 지경이었다.

또 미국 CNN은 생방송 중에 "냉면 외교(noodle diplomacy)에 대해 알아보겠다."며 평양냉면을 소개했다. 미국에서 요리사로 활동 중인 가수 출신 이지연 씨가 방송국 스튜디오에 나와 직접 냉면을 만들고, 앵커들과 함께 시식하는 장면을 내보냈다.

가족 중에 이산가족이 있다는 이지연은 "지금 굉장히 벅차고 감정이 북받친다. 언젠가 북한에 방문해서 맛있는 평양냉면을 직접 먹어보고 싶다."고 말했다.

여성 사회 진출 확대

문 대통령이 한국전자통신연구원 간담회서 연구원들을 만났다.

"김대중·노무현 대통령 때 대한민국은 인터넷 강국이었습니다. 참여정부는 R&D 예산을 최대한 늘렸죠. 그런데 이명박 정부 때부터 흐름이 달라졌어요. '작은 정부'라는 명분하에 과학기술의 컨트롤타워 등을 없애거나 축소하고 무력화시켰습니다."

이어 GDP 대비 R&D 예산 규모는 세계 최고이지만 아직까지 노벨상 후보 한 명 내지 못할 정도로 비효율적이라고 한탄하면서, 과학기술 분야를 주관할 수 있는 컨트롤타워를 부활시키고 R&D 예산 배분도 과학기술인들에게 맡기겠다고 약속했다.

한 연구원이 여성 과학기술인들의 저조한 비율에 대해 토로했다.

"의대에서는 여성 비율이 3분의 1일입니다. 하지만 과학기술계는 15%도 되지 않습니다. 여성 진출을 확대해주시면 고맙겠습니다."

문 대통령이 말했다.

"여성의 사회 진출 확대 하면 '참여정부와 문재인' 아닙니까? 그래서 참여정부 때 최초의 여성 장관, 최초의 여성 총리가 만들어졌죠."

그러면서 이렇게 덧붙였다.

"또 지난번 대선 때는 어떻습니까? 제가 패배해서 최초의 여성 대통령을 배출시켰잖아요?"

장내에는 폭소가 터졌다.

원칙대로

젊은 시절부터 인권변호사로 활약하며 사회적 약자를 보호하고 을을 대변해온 문 대통령은 원칙과 소신이 워낙 확고해서 노무현 대통령도 눈치를 보곤 했다. 그리고 주변의 한결같은 이야기가, 문 대통령은 좀처럼 남한테 화내는 법이 없다고.

그런데 딱 한 번 크게 화를 낸 적이 있는데, 그것도 김정숙 여사한테 그랬다는 것이다. 평소 애처가·공처가로 소문난 문 대통령이 무슨 이유로 화를 냈을까?

때는 한창 변호사로 이름을 날리던 시절.

하루는 김 여사가 시장에 장을 보러 갈 일이 있었는데, 여사가 사양하는데도 변호사 사무실의 기사가 굳이 시장까지 태워다주었다.

그런데 때마침 문변이 급하게 차를 탈 일이 생겼고, '여사님이 차를 쓰신다'는 말을 듣고는 그 즉시 택시를 잡아타고 시장으로 갔다.

그 넓은 시장 통에서 기어이 김 여사를 찾아냈고, 보자마자 불같이 화를 냈다. 다름 아니라 회사차량을 사적으로 썼기 때문이었다.

"공무에 써야 할 회사차를 당신이 쓰면 어떡하오? 회사차는 개인이 사용하면 안 되는 것이오."

그 후로 김 여사는 절대 기사님의 차를 타지 않았다고 한다.

그리고 세월이 흘러 얼마 전, 드디어 김정숙 여사의 복수극이 시작되었다.

묵묵히 장바구니를 들고 있는 문 대통령의 사진 한 장이 각종 언

론매체에 실렸다. 김 여사와 문 대통령이 시장에서 장을 보고 있고, 수행원이 장바구니를 들어주려고 해도 김 여사는 한사코 뺏어서 남편 문 대통령에게만 쥐어주고 뒤따르게 한 것이다.

"이런 사적인 일에 수행원을 고생시키면 되겠어요? 원칙대로 이런 건 당신이 들어야죠."

나그네 삼행시

문 대통령이 지진 피해를 당해 특별재난지역으로 선포된 포항을 방문했다. 대통령은 맨 먼저 포항 북구에 위치한 포항여고를 찾아가 전날 수능시험을 치른 학생들을 격려했다.

"시험들 잘 보셨죠? 평소 실력만큼 친 거 같다고 생각하는 분은 얼마나 돼요?"

"저요, 저요." 손을 들고, '망쳤다'며 울상인 친구들, 까르르 웃음을 터뜨리는 여학생들….

문 대통령은 사랑스런 여학생들과 즉석에서 '나그네'라는 단어로 삼행시를 짓기도 했다.

학생들이 일제히 운을 띄웠다.

"나."

"나는."

"그."

"그대들을."

"사랑합니다. 그대들도 날 사랑합니까?"

"네~~!!!"

학생들은 문 대통령과 함께 기념사진도 찍었는데, 이때 한 학생이 대통령의 어깨에 살포시 손을 얹은 후 감격해하는 표정이 포착되기도 했다. 대통령의 이런 소탈하고 친근한 모습은 네티즌들 사이에서 많은 부러움을 샀다.

문재인 시리즈

문재인 대통령이 쓰는 화장품은? 이니스프리

문재인이 자유로우면? 이니스프리

문재인 이마에 별을 붙이면? 이니에스타

문 대통령이 4월 5일 식목일을 공휴일로 지정한다면? 이니숲으리

문재인이 4대강을 반대한 이유는? 이니숲으리

문재인이 갑자기 화를 내면? 이니시에이팅

'문재인은 빨갱이다'를 네 글자로 줄이면? 계기월식

문재인 아들이 이슈가 되면? 이니애스타

문재인과 노무현을 합치면? 문무겸비

문재인이 즐겨 먹는 짜장라면은? 좌파게티

문재인은 좋아하고 홍준표는 학을 떼는 핫도그가 있다고?

JAPADOG

문재인 100명이 개 한 마리보다 못하다? 백문이불여일견

문재인이 서울대 출신이야? 이 말을 네 글자로 줄이면? 이니 셜D?

일왕이 방한한다니까 문재인이 하는 말은? 아니 왜왕?

문재인이 제일 싫어하는 운동선수 이름은? 펠라이니

문재인이 쓰는 말은? 인이어

중국인이 문재인을 좋아하면? 워아이니

문재인이 빙글빙글 돌면? 달팽이

문재인이 빛나면? 샤이니

문재인이 좋아하는 게임은? 달무티

그랬구나

적폐청산

'적폐청산'이란 오랜 기간에 걸쳐 쌓여온 악습의 청산을 의미한다.

세월호 참사가 있었던 2014년 4월, 박근혜가 "오랜 세월 사회 곳곳에 누적된 적폐를 개혁하겠다."면서 본격적으로 사용하기 시작했다.

그러나 박근혜 자신이 적폐였음이 드러났고, 마침내 그 뿌리가 뽑혔다. 2016년 가을, 박근혜−최순실 게이트 이후 박근혜 퇴진운동의 주된 구호 중 하나가 바로 적폐청산이었고, 그 후 대선과정을 거치면서 문재인 후보는 적폐청산을 공약 중 하나로 삼아 적극 실천하게 됐다.

통일대박

박근혜는 2014년 1월 6일 연두기자회견에서 뜬금없이 '통일은 대박이다'를 들고 나왔다. 남북한이 통일하여 경제통합을 이루면 그 시너지 효과가 어머어마할 것이라면서.

그 후 '통일준비위원회'를 설치하는 등 부산을 떨었지만 북한의 대남 위협과 북핵문제 등으로 '통일대박'은 구호에 그치고 말았다. 그런데 나중에 이 통일대박도 비선실세 최순실의 아이디어였음이 드러났다.

문재인 대통령은 2017년 7월 6일 '베를린 구상'을 밝혔고, 그 후 판문점에서 4·27 남북 정상회담이 열리고 한반도 비핵화와 종전을 선언하면서 통일을 향한 실질적인 물꼬가 마련되었다.

비무장지대 세계평화공원 조성

비무장지대(DMZ) 세계평화공원 사업은 박근혜가 대선에서 공약하고, 2014년 독일 '드레스덴 선언'으로 구체화했다. 평화공원에 복합체육시설을 갖추고 남북 교류 스포츠 행사와 국제행사장으로 개발한다는 목표를 세웠다. 박근혜 정부 초기에 기획단을 꾸려 2014~2016년까지 2500억여 원 규모로 추진했으나 남북관계 경색 등으로 예산의 채 1%도 집행되지 못했다.

그런데 나중에 이 사업이 최순실이 주도하는 케이스포츠 재단의 핵심 사업이었던 것으로 밝혀졌다. 최순실의 마수가 DMZ 평화공원 사업까지 뻗쳐 있었던 것이다.

남북 정상회담을 마친 문재인 대통령은 비무장지대를 실질적인 평화지대로 만드는 일에 착수했다. 구테흐스 유엔사무총장에게 전화하여 북의 핵실험장 폐쇄 감시에 동참해줄 것을 요청하면서 DMZ 평화지대 조성사업에도 협조를 부탁했다.

부산국제영화제 가다

문재인 대통령이 부산국제영화제를 방문해 영화「미씽: 사라진 여자」를 관람한 뒤 영화배우 엄지원, 공효진과 함께 관객과의 만남을 가졌다.

뜻밖에 대통령을 만난 관객들은 환호와 함께 일제히 휴대폰을 꺼내 사진을 찍고, 몇몇은 대통령께 악수를 청하기도 했다. 대통령은 일일이 시민들의 손을 잡아주며 환대에 화답했다.

문 대통령이 말했다.

"「미씽」이 작년에 개봉한 걸로 아는데, 지금처럼 우리 사회가 여성 문제에 좀 더 관심을 두는 분위기였다면 아마 대박이 났을 텐데, 아쉽습니다."

이후 한 중식당으로 자리를 옮겨 영화 전공 학생들과 오찬을 겸한 간담회 시간이 이어졌다. 이 자리에는 도종환 문체부 장관과 이언희·오석근·김의석·이현석 감독, 엄지원·공효진, 20여 명의 부산 영화학과 학생들이 참석했다.

문 대통령이 말했다.

"영화제가 정치적으로 변질돼버린 것에 불만이 있어 참여하지 않는 분들이 있는데, 우리가 함께 힘을 모아서 영화제를 살려내도록 합시다."

바로 그때 식당 종업원이 "식사 주문 받겠습니다."라고 끼어들어 참석자들을 웃게 만들었다.

도종환 장관이 먼저 짜장면을 주문했고, 공효진이 "그렇다면 전부 짜장면으로…?"라고 하자, 문 대통령이 말렸다.

"아니요, 각자 자유롭게 시키시죠? 난 굴짬뽕!"

일행들 사이에서 폭소가 터졌다.

문 대통령이 종업원에게 물었다.

"탕수육 같은 것도 되죠?"

도 장관이 얼른 말을 받았다.

"대통령께서 탕수육도 사주신답니다."

좌중에는 또 한 번 웃음보가 터져 나왔다.

문재인과 아베의 통화

문재인: 위안부 합의 수용 못해.

아베: 너희 전직 대통령이 사인한 건데 이제 와서 뒤집겠다고?

문재인: 고노 담화, 무라야마 담화, 김대중·오부치 공동성명 생각 해보라고.

아베: 그러지 말고, 한번 건너오지 그래?

문재인: 됐고! 할 말 있으면 네가 오든가.

공짜니까

 문재인과 안철수 그리고 이명박이 중국집에 점심을 먹으러 갔다.

 때마침 그 업소에서는 개업 5주년 기념으로 '오늘은 모두 공짜입니다'라는 안내문을 내걸고 손님을 맞고 있었다. 세 사람은 뭐든 공짜라는 말에 신이 나서 팔보채와 난자완스, 류산슬을 주문했다.

 이에 주인은 세 사람이 너무 뻔뻔하게 고급 요리만을 주문하자 괘씸한 생각이 들었다. 그래서 이렇게 둘러댔다.

 "뭐든 공짜이긴 하지만 두 글자로 된 메뉴만 해당됩니다요."

 "실망입니다."

 입을 삐죽 내민 안철수가 어쩔 수 없이 짜장면을 주문했고, 이명박은 짬뽕을 시켰다.

 그러자 문재인은 이렇게 말했다.

 "탕슉!"

삼성세탁기

  홍준표: 국가 대개혁을 위해 대한민국을 세탁기에 넣고 확 1년 돌리고 나서 정권을 시작하겠다.

  유승민: 많은 국민들은 홍 후보가 먼저 세탁기에 들어가야 한다고 생각한다.

  홍준표: 세탁기에 이미 들어갔다 나왔다.

  유승민: 성완종 건도?

  홍준표: 다 나왔다. 판결문 한번 보라.

  심상정: 그 세탁기, 혹시 고장 난 세탁기 아닌가?

  홍준표: 허허…, 세탁기가 삼성세탁기다.

주적론

문재인: 내가 왜 주적입니까?

홍준표: 친북좌파기 때문입니다.

문재인: 허허….

유승민: 문 후보님, 북한이 주적입니까?

문재인: 그런 문제는 대통령이 할 말이 아니라고 생각합니다.

유승민: 지금은 아직 대통령이 안 되셨으니까.

문재인: 대통령이 될 사람이죠.

유승민: 우리 국방부의 국방백서에 주적이라고 나와 있는데요?

문재인: 국방부로서는 할 말이겠죠. 하지만 대통령이 할 말은 아니라고 봅니다.

심상정: (홍준표에게) 주적이 노조입니까?

홍준표: 난 주적 이야기 한 적 없어요. 주적 이야기 못하는 사람 (문재인) 저기 있잖아요?

셀프 디스

후보들이 네거티브 공세에만 집중하는 게 답답했는지 안철수가 나섰다.

안철수: 문 후보님께 묻겠습니다. 제가 갑철숩니까, 안철숩니까?

문재인: …무슨 말씀이신지?

안철수: 제가 MB의 아바타입니까?

문재인: ….

사회자: 거듭 말씀드리지만, 이 자리는 서로의 공약을 검증하는 토론회입니다.

안철수: (유승민에게) 그 참…, 그만 좀 개로피십시오. 아유, 유 후보님, 실망입니다….

#이니하고싶은거다해

'문재인 대통령 취임 100일 전격 인터뷰'에서 문 대통령은 '이니'라는 별명에 대해 언급했다.

"저는 '이니'라는 별명이 아주 좋습니다."

"김정숙 여사님을 '쑤기'라고 하는 별명은요?"

"'쑤기'도 제가 옛날에 그렇게 부르기도 했으니까."

'이니'와 '쑤기'는 대통령 이름과 영부인 이름 끝 글자를 딴 애칭으로, 문 대통령 지지자들은 지난 대선 기간 동안 문 후보를 '이니'로 불렀다. 유세장이나 온라인 커뮤니티에서 '이니 하고 싶은 것 다해'라는 문구를 쓰며 문 후보를 적극 지지했고, 이에 대해 문 후보는 "유세장마다 찾아주시고 '우리 이니 하고 싶은 거 다 하라'고 응원해주셔서 제가 항상 힘이 납니다."라고 화답하기도 했다.

#이니하고싶은거다해 #고마워요문재인

외신이 붙여준 6가지 별명

문 대통령이 판문점 정상회담을 성공적으로 마치자 외신들도 문 대통령에게 많은 관심을 보이면서 독특한 별명을 붙여주었다.

1. 협상가

문재인 대통령은 대선 후보 시절인 2017년 5월 미국의 시사 주간지 『타임』지 아시아판 표지를 장식했다. 잡지는 문 대통령을 '협상가(the negotiator)'로 묘사한 뒤 '문재인은 김정은을 다룰 수 있는 한국 지도자를 목표로 한다'는 설명을 달았다.

2. 위대한 협상가

마크 리퍼트 전 주한 미국대사는 문 대통령을 '위대한 협상가(the great negotiator)'로 칭했다.

3. 외교의 거장

미국의 온라인 매체 복스(VOX)는 '한국 대통령은 어떻게 북한과 미국을 전쟁 일보 직전에서 구했나'라는 제하 기사에서 문재인 대통령을 '외교의 거장(master class in diplomacy)'으로 표현했다.

4. 전술의 달인

홍콩의 영자신문 『사우스 차이나 모닝 포스트』는 지난 3월 11일 칼럼에서 문 대통령을 트럼프 대통령과 김정은 위원장의 정상회담을 성사시킨 '전술의 달인(the master tactician)'으로 소개했다.

5. 해결사

미국의 블룸버그통신은 지난 4월 24일 '해결사 문재인(Moon jae-in the Fixer)'이라는 제목으로 56초 분량 영상을 공개했다. 영상은 트럼프와 김정은을 협상 테이블로 불러낸 문재인 대통령에 대해 알아야 할 5가지를 정리했다.

1) 난민촌에서 태어난 문재인, 부모는 한국전쟁 중 북쪽에서 내려온 피난민이다.
2) 노벨평화상 수상자인 김대중 전 대통령의 후배다.
3) 박근혜가 탄핵된 후 대통령이 됐다.
4) 평창 동계올림픽에 북한을 초청했다.
5) 문 대통령은 세계에서 가장 변덕스러운 두 지도자 사이에서 온건한 힘이 될 것이다.

6. 협상의 달인

CNN은 4월 27일 남북 정상회담이 끝난 후 '협상의 달인: 문(moon: the masterful dealmaker)'이라는 제목의 영상을 소개했다. 방송은 문 대통령이 북한과 관계를 개선시켰고, 대북정책에서 이견을 보인 트럼프 대통령의 참여를 이끌어냈다고 평가했다. 그는 북한과 더 많이 대화하려 노력했고, 평창 동계올림픽에 수차례 북한 인사를 초청했다. 그리고 이것이 한반도 긴장상태 완화와 남북 대화 재개의 마중물이 됐다고 전했다.

예명입니다만

　문화체육관광부가 '남북평화 협력기원 남측 예술단' 음악감독으로 윤상을 내정했다.
　"윤상 씨를 내정한 것은 공연의 주된 내용이 대중음악 중심으로 진행될 예정이기 때문입니다."
　곧 윤상을 비롯한 남측 예술단이 평양 공연 실무 접촉을 위해 현송월 삼지연관현악단장을 만났다.
　이에 대해 보수 성향의 방자경은 자신의 트위터에 부정적인 견해를 밝혔다.
　"윤상의 정체가 뭐길래 안보가 불안한 이 시기에 북한공산당을 위해 평양으로 공연을 가려고 하는가? 윤상은 윤이상, 윤기권, 윤상원 중 누구와 가까운 집안인가? 김일성 찬양가 「님을 위한 행진곡」을 작곡한 간첩 윤이상, 5·18 광주폭동 핵심으로 보상금 받고 월북한 대동고 출신 윤기권, 김일성이 북한에서 만든 5·18 영화의 주인공 윤상원 이들 중 누구와 가까운 집안인가?"
　이에 대해 작곡가 김형석은 트윗을 날려 "(윤상의) 본명은 이윤상입니다만…."이라고 단번에 일축해버렸다.

도널드 트럼프 당선 사연

미국인들이 도널드 트럼프를 대통령으로 선출하게 된 역사적 배경이 밝혀졌다.

트럼프 당선은 클린턴 대통령으로부터 비롯됐다는 시각이다.

미국 사회 전반에 부정부패가 만연하자 '클린'으로 '턴'하기 위해서 뽑은 이가 바로 '클린턴'이었다.

클린턴이 대통령이 되자 워싱턴 정치는 한결 깨끗해졌다. 하지만 섹스 스캔들을 일으켜서 미국을 전 세계적으로 망신시켰고, 이에 미국인들은 차기 대통령의 섹스 스캔들을 예방하기 위해 남자의 거시기가 부실한 조지 부시를 선택했다.

'조지' 부실한 부시 대통령의 유일한 관심사는 전쟁이었다. 그래서 이라크를 '조지'고, 아프가니스탄을 '부시'는 등 하지 않아도 될 전쟁을 일으키는 '오바'를 했다. 미국인들이 '버락' 화를 내면서 다음 대통령은 '오바'하지 않는 사람을 골랐는데, 그가 바로 '버락 오바마'였다.

미 대통령 오바마는 좀처럼 '오바'하는 일 없이 재선까지 무난히 수행했다. 하지만 국민들은 너무 얌전하기만 한 오바마한테 지루함을 느낀 나머지 삶의 재미를 잃어버렸다. 그래서… 차라리 도박에 손을 대는 심정으로 '트럼프'를 선택하게 된 것이다.

누구 잠 못 자겠군

　문재인―김정은―트럼프, 남북미의 세 정상을 주인공으로 한 한반도 드라마는 순간순간이 최고의 반전 드라마이자 한편의 첩보영화를 보는 듯했다.

　드라마가 흥행을 이어가면서 막후에서 주인공들을 빛내왔던 조력자들도 그 실체를 드러냈는데, CIA 앤드루 김도 그중 한 명이었다.

　한때 '대북 저승사자'로 불리던 한국계 앤드루 김은 방콕과 베이징을 거쳐 CIA 한국지부장을 역임했으며, 지금은 CIA 내 코리아임무센터장을 맡고 있는 베테랑 요원이었다.

　앤드루 김은 평양공항으로 폼페이오를 영접 나온 김영철과 리용호 등 북한 인사들 사이에서 모습이 포착되었고, 조선중앙TV가 공개한 김정은과 폼페이오의 회동 영상에도 등장했다. CIA의 핵심 간부가 미리 평양에 들어가 폼페이오의 방북 일정은 물론 북미 정상회담의 시간과 장소, 핵심 의제 등을 사전 조율해왔던 것이다. 억류됐던 미국인들 석방 문제 역시 그가 막후에서 이뤄낸 작품일 가능성이 높았다.

　한편의 첩보영화를 방불케 한 '한반도 드라마'를 연출한 앤드루 김
이 어느 날 도널드 트럼프 앞으로 한 장짜리 비밀 서류를 보내왔다.

　"앤드루가 서류를 보내왔는데… 홍준표, 조원진, 김문수, 장제원,
김성태, 나경원, 유승민…. 이게 뭐지?"

　트럼프의 질문에 폼페이오가 대답했다.

　"한국 내 각하의 이번 노벨평화상 수상 방해자 명단이랍니다."

멀다고 말하면 안 되겄구나

  김정은: 오기 전에 보니까, 오늘 저녁에 만찬음식 가지고 많이 이
야기하던데, (웃음) 어렵사리 평양에서부터 평양냉면을 가져왔습니
다. 대통령께서 편안한 마음으로 평양냉면을 멀리 온…, 멀다고 말
하면 안 되겄구나. (웃음) 좀 맛있게 드셨으면 좋겠습니다….

새벽잠 설치지 않게 하겠다

문재인: 여기까지 어떻게 오셨습니까.

김정은: 새벽에 차를 타고 개성을 거쳐 왔습니다. 대통령께서도 아침 일찍 출발하셨겠습니다.

문재인: 저는 불과 52km 떨어져 있어 한 시간 정도 걸렸습니다.

김정은: 대통령께서 우리 때문에 NSC 참석하시느라 새벽잠 많이 설쳤다는데 새벽에 일어나는 게 습관이 되셨겠습니다. (웃음)

문재인: 김 위원장이 우리 특사단이 갔을 때 선제적으로 말씀해주셔서 앞으로 발 뻗고 잘 것 같습니다.

김정은: 대통령께서 새벽잠 설치지 않도록 내가 확인하겠습니다. 불과 200m 오면서 왜 이리 멀어 보였을까, 왜 이리 어려웠을까 생각했습니다…. 실향민, 탈북자, 연평도 주민 등 언제 북한군 포격이 날아오지 않을까 불안해하던 분들도 오늘 우리 만남에 기대를 가지고 있는 것을 봤습니다. 이 기회를 소중히 해서 남북 사이 상처가 치유되는 계기가 되었으면 좋겠습니다. 분단선 높지도 않은데 많은 사람들 밟고 지나다 보면 없어지지 않겠습니까.

기자들, 힘들어

남북 정상회담이 열린 4월 27일, 일산 킨텍스에 마련된 프레스센터에는 3000여 명의 취재진이 몰렸다. 축구장 크기의 공간을 가득 메운 국내외 기자들은 남북 정상이 만나는 역사적인 순간을 숨죽여 기다렸다.

문재인 대통령과 김정은 위원장이 만나 두 손을 맞잡는 순간 여기저기서 환성과 박수가 터져 나왔다. 남북의 정상은 밝은 표정으로 평화의 집으로 향했고, 프레스센터에 모인 취재진들은 다시 긴장 속에서 생중계 화면을 지켜보았다.

그런데 한없이 진지하기만 했던 분위기를 단번에 전환시켜준 장면은 판문점 현장 북한 취재진들의 열정적인 취재 장면이었다. 북한 기자들은 취재 경쟁이 낯선지 자꾸 뒤에 있던 중계 카메라 앵글에 걸려 화면에 등장하곤 했다. 우스꽝스런 그 모습에 기자들 사이에서 웃음이 터져 나왔고, 남북 정상이 악수하는 순간보다 더 즐거운 박수세례가 쏟아졌다.

특히 도보다리에서, 다른 취재진들은 일찌감치 빠졌음에도 북한의 촬영기자는 김정일의 코앞까지 다가가 카메라를 들이댔다. 그러다가 김정은이 손짓하며 "비키라우!" 하고 쫓아내는 순간, 프레스센터에서는 박장대소가 터져 나왔다. 그럼에도 그 기자는 '굳세게' 자리를 지키며 한참을 더 촬영했고, 기자들은 그들의 놀라운 취재 열정에 공감하며 아낌없는 박수를 보냈다.

촬영기자들이 모두 떠나고 배석자도 통역사도 없이 오직 둘만이 마주 앉았을 때 문 대통령이 김정은에게 말했다.

"북쪽 취재진의 열기도 대단하군요. 남한에는 이런 말이 있어요. 부산에서 서울까지 기자 몰고 오기가 벼룩 몰고 오기보다 더 힘들다는…."

"하하하! 저도 TV를 통해 남조선 기자들 다루기 힘들다는 건 짐작하고 있었지만, 그 정도입네까?"

독도 디저트

청와대가 정상회담 만찬 중 하나로 '독도 디저트'를 준비했다.

봄꽃으로 장식한 망고무스 위에 한반도기 모양을 넣은 화이트 초콜릿을 얹고 '민족의 봄'이라는 이름을 붙였다.

그런데 디저트에 그려진 한반도에 독도가 표기된 것을 일본이 문제 삼았다.

아베 신조: 지도에 우리 다케시마가 포함된 건 말이 안 된다. 빼라.

문재인: 허허…, 별걸 다 갖고….

김정은: 소란 피우지 말고 빠져 있지 그래?

아베 신조: 나만 쏙 빼놓고 말이야. 얼마면 되겠어?

김정은: 그 문젠 나중에 따로 얘기하고.

문재인: 그래요, 곧 트럼프 대통령도 오실 텐데.

아베 신조: 그러지 말고 나도 좀 끼워달라니까. 내가 돈 많이 낼게.

김정은: 거 아새끼래 참 귀찮게 구는구만. 자꾸 기러면 다음 피양회담 때 대마도까지 그려넣을 끼야. 고저 따로 호출할 때까지 닥치고 찌그러져 있으라우!

아베 신조: ….

쌔려 먹는 겁네까?

남북 정상회담 만찬 디저트로 나온 망고무스를 먹기 위해서는 먼저 작은 망치로 딱딱한 껍데기를 때려 깨뜨려야 한다. 껍질이 열리면 한반도가 그려진 망고무스가 나온다. 한국전쟁 휴전 이후 한 번도 허물지 못한 '냉전의 장벽'을 깨뜨린다는 의미가 담겼다.

> **김정은:** 이거이 어케 하는 겁네까?
> **문재인:** 자, 보시죠. 이렇게 콩…!
> **김정은:** '아! 그렇게요? 콩…!
> **문재인:** 쉽죠? 허허허!
> **김정숙:** 우리도 해볼까요?
> **이설주:** 쌔려 먹는 겁네까? 이렇게… 콩!

독특한 먹는 방식 덕에 손으로 한 번, 한반도 데커레이션을 보며 눈으로 한 번, 망고의 달콤함이 퍼지는 입 안에서 한 번, 의미를 되새기며 가슴으로 한 번, 그렇게 네 차례 맛을 보는 망고무스 디저트.

남북의 정상들은 그렇게 망고무스를 먹으며 또 한 번 한반도의 평화와 번영의 의의를 되새겼다.

이게 다 야당 때문이다

한반도에 봄이 오는 걸 반대하는 당.

평화를 거부하는 당.

겨레가 통일이 될까봐 잠 못 드는 당.

북한이 비핵화 안 했으면 하는 당.

노인들 전쟁 불안심리를 조장하여 표 구걸하는 당.

정치공작 빨갱이 장사로 정권 유지해온 당.

필요할 때마다 간첩 만들다가 들켜버린 당.

북한도발 이슈가 없으면 진작 전멸했을 당.

선거 때만 되면 안보타령 종북타령 늘어놓는 당.

허구한 날 친북타령 좌파타령 늘어놓는 당.

전쟁 나면 국민 버리고 먼저 튈 당.

아베보다 더 아베 같은 친일파 족속들 당.

사기·파렴치범 이명박을 경제통 둔갑시켜 보스로 떠받든 당.

칠푼이를 공주로 둔갑시켜 우려먹은 당.

순실이 개노릇 하느라 바빴던 당.

검찰·법원·재벌·언론·국정원·군대·경찰과 함께 이명박근혜 정권의 부역세력들….

추억의 대통령 유머

괜찮습니다, 괜찮고요

노무현 대통령이 전방의 한 부대를 방문해 내무반의 장병들을 위로했다.

"이병 김한솔, 대통령님께 질문 있습니다."

"호오, 그래, 김 이병."

김 이병이 잔뜩 기어들어가는 목소리로 말했다.

"저 '맞습니다, 맞고요' 한번 해주실 수 있나요?"

소대장이 눈짓을 보냈고, 옆의 병사들은 쿡쿡 웃음을 참느라 고생이었다.

대통령이 말했다.

"괜찮습니다, 괜찮고요…."

그 순간 내무반은 웃음바다가 되었다.

"근데 요새 이등병도 참 용감하네요. 자, 군생활 열심히 잘하고, 악수!"

굿맨

　노무현 대통령 2005년 주한미군 고위 장성들을 초청한 오찬에서 이런 유머를 던졌다.

　"우리나라에도 성씨가 특별한 사람들이 많습니다. 시원찮은 검사라도 성이 명씨면 '명 검사'가 되고, 아무리 대위가 돼도 성이 임씨면 만날 '임 대위' 임시 대위가 되고, 또 대장이 돼도 성이 부씨면 '부 대장'밖에 못되는 그런 성이 있지요. 굿맨은 부모님이 주신 아주 좋은 선물입니다."

　굿맨은 이날 오찬에 참석한 미군 연합사 기획참모부장 '존 굿맨'을 지칭한 것이다.

국가 기밀

기자가 노무현 대통령에게 물었다.

"대통령이란 지위만큼 격무에 시달리는 경우가 많은데, 대통령께서는 어떻게 과중한 임무나 긴장을 해소하시는지요? 건강 유지를 위해서 특별히 챙기는 부분은 있으십니까?"

노무현이 말했다.

"대통령의 건강은 국가 기밀사항입니다."

비밀

노무현 대통령이 한 인삼영농조합을 방문하자 관계자가 인삼세트를 선물하며 말했다.

"홍삼은 당뇨병이나 항암 작용에 좋아서 특히 남성들의 정력에는 끝내줘요."

대통령이 말했다.

"우리 집사람한텐 그 얘기 하지 마세요. 만날 이거만 먹으라고 하면 곤란하니까."

노무현 어록

1. 1988년 국회본회의장 대정부 질문에서.

"제가 생각하는 이상적인 사회는 더불어 사는 사람, 모두가 먹는 거 입는 거 걱정 안 하고, 더럽고 아니꼬운 꼬라지 안 보고 하루하루가 신명나게 이어지는 그런 세상이라고 생각합니다!"

2. 연설시.

"중산층과 서민의 시대, 보통 사람들이 대접받는 시대! 함께 가십시다. 제가 앞장서겠습니다."

3. 1990년 1월 통일민주당 3당합당 결의 전당대회장에서.

"토론과 설득이 없는 회의가 어디 있습니까?"

4. 1990년 1월 통일민주당 3당 합당 결의 전당대회장에서.

"이의 있습니다. 반대토론을 해야 합니다."

5. 2001년 12월 노무현 상임고문 서울 후원행사에서.

"600년 동안 한국에서 부귀영화를 누리고자 하는 사람은 모두 권력에 줄을 서서 손바닥을 비비고 머리를 조아려야 했습니다."

6. 2002년 4월 대통령 후보 수락연설에서.

"원칙이 살아 있고 정부와 국민이 서로를 믿어야 좋은 정책이 나오고 성공합니다. 실패한 정책도 바로잡을 수 있습니다."

7. 2002년 대통령선거 후보 경선에서 상대 후보가 노무현 장인의 좌익 활동을 문제 삼자.

"그럼 제가 아내를 버려야 합니까? 그렇게 하면 대통령 자격 있고,

이 아내를 그대로 사랑하면 대통령 자격이 없다는 겁니까?"

8. 국정원 업무보고 및 직원 오찬 간담회에서.

"국정원, 정권을 위해 일하지 마세요!"

9. 2003년 평검사들과의 대화에서.

"이쯤 되면 막가자는 거지요?"

10. 2003년 5·18 행사 관계자들과 만난 자리에서.

"대통령직 못해 먹겠다는 생각이 든다."

11. 2005년 5월 세계신문협회 총회 연설에서.

"언론권력의 남용을 제어할 수 있는 제도적 장치가 중요하다."

12. 2006년 4월 독도 특별담화문에서.

"독도는 우리 땅입니다. 그냥 우리 땅이 아니라, 40년 통한의 역사가 뚜렷하게 새겨진 역사의 땅입니다."

13. 2006년 12월 민주평통자문회의 상임위원회 연설에서.

"작통권 회수하면 안 된다고 줄줄이 몰려가서 성명 내고, 자기들이 직무유기 아닙니까? 부끄러운 줄 알아야지!"

14. 2007년 방송과의 인터뷰에서.

"정치하는 사람들이 바보 정신으로 정치하면 나라가 잘될 거로 생각합니다."

15. 2007년 12월 21일 민주평통자문회의에서.

"대통령을 욕하는 것은 민주사회에서 주권을 가진 시민의 당연한

권리입니다. 대통령을 욕함으로써 주권자가 스트레스를 해소할 수 있다면, 저는 기쁜 마음으로 들을 수 있습니다."

16. 2007년 10월 남북 정상회담을 위해 군사분계선을 넘으며.

"제가 다녀오면 또 더 많은 사람들이 다녀오게 될 것입니다. 그러면 마침내 이 선도 점차 지워질 것입니다."

17. 서거 직전 유서.

"미안해하지 마라. 누구도 원망하지 마라. 운명이다."

18. 서거 직전.

"담배 하나 주게…."

19. 자서전 『운명이다』에서.

"비가 오지 않아도, 비가 너무 많이 내려도, 다 내 책임인 것 같았다. 아홉시 뉴스를 보고 있으면 어느 것 하나 대통령 책임 아닌 것이 없었다. 대통령은 그런 자리였다."

단일화

DJ는 오랜 시간 민주화 투쟁을 하며 감옥생활과 해외로 떠돌아야 했는데, 그 과정에서 얻은 즐거움 중의 하나가 바로 꽃가꾸기다.

한 방송국에서 인터뷰를 하기 위해 그의 일산 자택을 찾았을 때 마침 DJ는 화단을 돌보고 있었다. DJ가 촬영 팀에게 자신이 손수 가꾼 화단을 보여주며 예쁘게 핀 꽃들을 일일이 설명해주었다.

리포터가 물었다.

"총재님께서는 어떤 꽃을 제일 좋아하세요?"

그러자 DJ가 빙긋이 웃으며 답했다.

"단일화(單一花)."

DJ의 회상

DJ가 지난 시절 재판장에서 사형을 언도받을 당시의 기억을 떠올렸다.

"사실 죽는 것은 겁났다. 큰소리는 쳤지만 사실은 살고 싶어 재판정에서 재판관 입만 뚫어져라 쳐다봤다. 제발 무기징역만 받았으면 했다. '무' 하면 입이 나오고 '사' 하면 입이 찢어진다. 입이 나오면 내가 살고 입이 찢어지면 내가 죽는다."

독서광

독서광이었던 DJ는 대통령이 되고 난 후 책 읽을 시간이 없다고 하소연하면서 이렇게 말했다.

"도무지 책을 들여다볼 시간이 없으니…. 아무래도 감옥에라도 한 번 더 가야 할 모양이야…."

대통령과 밥솥

이승만: 미국에서 돈을 얻어다 가마솥을 하나 마련했다.

박정희: 빈 가마솥을 물려받고 쌀을 구하기 위해 전전긍긍했다.

최규하: 밥 먹으려고 솥뚜껑 열다가 '앗 뜨거라' 손 데고 떨어져나갔다.

전두환: 지들 일가친척이 모여서 밥솥을 통째로 다 비웠다.

노태우: 두환이 먹고 남은 솥 누룽지에 물 부어 숭늉을 끓여 솥을 깨끗이 비웠다.

김영삼: 그래도 뭐 남은 거 없나 솥 바닥을 박박 긁다가 가마솥 깨 먹었다.

김대중: 국민들이 모은 금으로 최신 전기밥솥을 사왔다.

노무현: 새 전기밥솥의 성능을 시험해보기로 했는데, 운 없게도 110볼트에 꽂아야 할 플러그를 220볼트에 꽂아 밥솥이 순식간에 박살났다.

이명박: 전기밥솥이 옛날 가마솥인 줄 알고 장작불에 얹어 깡그리 태워먹었다.

박근혜: '솥뚜껑 운전'은 주로 최순실이 했고, 관저에서 혼밥을 즐기다가 쫓겨났다.

문재인: 새 밥솥을 시운전하는 한편, 밥솥을 평범한 백성들은 물론 북한까지 보급할 방법을 모색 중.

대통령과 방귀에 대한 고찰

이승만: (이기붕이 아부하며) 각하! 시원하시겠습니다.

박정희: (차지철을 불러) 임자, 이번 일은 보안에 부쳐!

전두환: (장세동이) 각하! 제가 뀐 걸로 하겠습니다.

노태우: (이현우를 불러) 이번 방귀는 자네가 뀐 걸로 하면 안 되겠나?

김영삼: (민주계를 불러) 너거들은 왜 방귀 안 뀌노?

김대중: (박지원이 언론사에) 이번 방귀는 '경제에 도움을 주려는 대통령의 의지'입니다.

노무현: 방귀도 참여입니다. 다 ~ 참여시키세요.

이명박: (경제적으로) 방귀를 국익이 되게 에너지화합시다.

박근혜: 순실아, 어떡해?

문재인: 허허, 제가 좀 뀌었습니다.

YS 실언 시리즈

1. 윤동주 시인 추모식에서.

   YS: 시인 윤행주는 우리 민족 대표 시인으로….

   보좌관: 각하, 윤형주가 아니고 윤동주입니다.

   YS: 윤행주나 윤동주나 그기 그기 아이가?

2. 서울 구로구에 있는 한 초등학교를 방문해서.

   "우리 사회가 걸식아동들을…." (결식아동을 걸식아동으로 잘못 말했다.)

3. "세종대왕은 우리나라의 가장 위대한 '대통령'이었습니다."

4. 회의석상에서 루마니아의 독재자였다가 민중에 의해 처형된 차우셰스쿠의 이름을 몰라서 계속 '차씨'라고 발언함.

5. 전봉준 장군 고택을 다녀오며.

   "정몽준(대한 축구협회장) 장군 고택에 다녀오는 길입니다."

6. 제주도를 방문했을 때 계속 '거제도'라고 해 빈축을 삼.

7. 전경련회장단을 초청한 조찬 모임에서 경부고속철도를 '경부 고속도로 철도'라 하여 일행을 즐겁게 해줌.

8. 올림픽 출전 선수들 격려차 태릉선수촌을 방문했을 때 황영조의 이름을 '하영조'로 착각, 이진삼 체육부장관을 '체육회장'이라 칭함.

9. 최용수 선수의 페널티킥 성공으로 올림픽 진출을 확정지었다. 시상식 장면이 중계되려는 순간 화면이 갑자기 바뀌어 YS와의

전화통화 장면이 방송되었다.

"최 선수, 코너킥을 잘 찼어요."

10. 2000년 DJ가 노벨평화상을 수상하자 YS가 한 말.

"노벨상의 가치가 땅에 떨어졌다."

11. 박정희의 생가에 다녀오는 길에.

"지금 박정희 대통령 '상가'에 다녀오는 길입니다."

12. 1987년 대선후보 초청 관훈클럽 토론회에서.

홍인근 동아일보 논설위원: 후보가 '비핵화지대화'에 대해 말
씀하셨는데 거기에는 전술핵도 포함되는지요?

YS: 원자로 말씀입니까?

홍인근: (순간 당황, 핵무기를 원자로라니?) 전술핵, 핵무기 말입
니다.

YS는 계속 말뜻을 알아듣지 못했고, 홍인근의 계속된 질문에
결국 짜증이 났다.

YS: 아, 모른다는데… 쓸데없씨이….

12. 부산 경남고 총동창회 모임에서 600억 달러 수출에 800억 달
러 수입을 일반 가계의 수입·지출로 착각함.

"지금 200억 불이나 흑자이나 갱제가 엄청나게 어렵습니다.
내년에는 반드시 적자로 돌아서게끔…."

그 후 우리나라 경제는 그의 말대로 되어버렸다….

닭의 모가지를 비틀어도 새벽은 온다

청와대에 입성한 YS가 옛날부터 인연이 있는 한 일간지 기자와
마주앉았다.

기자가 말했다.

"군사정권의 엄혹한 탄압을 뚫고 드디어 첫 문민정부의 대통령이
되셨습니다. 축하드립니다. 박정희 정권 때 '닭의 모가지를 비틀어
도 새벽은 온다'고 일갈하셨죠?"

YS는 격세지감을 느낀 듯 의미 있게 고개를 끄덕거렸다.

"그랬지. 그 시절 내가 국회의원직 제명까지 당하면서 그런 말을
했었지."

"국민들은 그 말씀을 박정희 정권의 몰락을 예견한 거라면서 매우
인상 깊게 기억하고 있습니다. 그런데 어떻게 그런 생각을 하신 겁
니까?"

YS는 조금 쑥스런 표정을 지으며 말했다.

"그때 내가 생각을 좀 해봤지. 소의 목을 비틀어도 새벽은 온다?
개의 목을 비틀어도 새벽은 온다? 좀 이상하지? 또 돼지 목을 비틀
어도 새벽은 온다? 다 내가 비틀 수 없는 거잖아? 그래서 곰곰이 생
각해봤지. 도대체 내가 비틀 수 있는 게 뭔가? 그런데 딱 닭이 떠오
른 거 아이가."

YS의 Me too

YS가 미 클린턴 대통령과 정상회담을 앞두고 있었다.

수행원이 짧게 인사말을 가르쳐주었다.

"각하, 클린턴을 만나면 '하우 아 유(How are you)?'라고 말씀하시면 됩니다. 그러면 클린턴이 I'm fine thank you, and you? 하고 말할 겁니다. 그때 Me too 하십시오."

YS는 그 말을 외우고 또 외웠다. 하우아유 하우아유 하우아유 하우아유…. 미투 미투 미투….

마침내 클린턴 대통령과 만나는 날. YS는 밝은 표정으로 클린턴에게 악수를 청하며 말했다.

"후아유?"

클린턴은 YS가 조크를 아는 사람이구나 싶어 이렇게 말했다.

"I'm 힐러리s husband, and you?"

"Me too!"

강간 도시

제주도를 방문한 YS가 말했다.

"제주시민 여러분, 아름다운 이 제주를 세계적인 강간 도시로 만들겠습니다."

연설을 듣고 있던 외무부 장관이 깜짝 놀라며 대통령에게 귓속말로 말했다.

"각하! 강간이 아니라 관광입니다."

YS는 자기 연설 도중 끼어든 외무부 장관이 매우 괘씸했다. 그래서 그를 쏘아보며 한마디 했다.

"애무(외무) 장간은 애무나 잘하그래이!"

대국민 서명운동

1980년대 중반, 대통령직선제 개헌 관철을 위해 DJ와 YS가 대국민 서명운동을 벌이기로 의견을 모을 때의 일이다.

당시 DJ가 '백만인 서명운동을 벌이자'고 제안하자, YS는 이렇게 응수했다.

"100만이 뭐꼬? 1000만 명 정도는 해야지!"

그 말을 들은 DJ가 놀라는 표정으로 되물었다.

"정말 1000만 명 서명을 받을 수 있겠나?"

YS가 말했다.

"에이, 그걸 누가 세어보나? 그냥 하면 되지!"

웃음을 못 참고

　전두환, 노태우, 김영삼 세 국가 원로가 여행 중에 비행기가 불시
착하여 식인종 마을에 떨어졌다.

　식인종에게 붙잡힌 그들 앞에 추장이 나섰다.

　"너희들 배고프지? 지금부터 너희가 먹고 싶은 과일 한 가지로 열
개만 따와라."

　배가 고팠던 세 원로는 사방으로 뛰어가서 전두환은 사과 열 개
를, 노태우는 포도 열 개를 따왔다. 하지만 김영삼은 보이지 않았다.

　화가 난 추장이 소리쳤다.

　"한 놈이 아직 돌아오지 않은 죄로 둘은 각자가 따온 과일을 전부
항문에 집어넣는다! 잘 참으면 목숨만은 살려주겠다. 실시!"

　먼저 전두환이 사과 하나를 겨우 끄응, 두 개째 끄응, 세 개째를 넣
으려고 끙끙대다가 비명소리를 내어 추장에게 죽임을 당했다.

　뒤이어 노태우도 살기 위해 하나, 둘, 셋…. 포도 아홉 개를 넣으
려다가 갑자기 큰 웃음소리를 내어 역시 죽임을 당했다.

　얼마 후, 저승에 도착한 전두환이 뒤따라온 노태우에게 물었다.

　"친구, 난 사과라서 너무 아파 못 넣었지만, 자넨 포도 열 알을 못

넣고 죽은 건가?"

노태우가 말했다.

"나도 다행이라고 생각하고 잘 참고 아홉 개째를 넣으려는데 저쪽
에서 영삼이가 수박 열 통을 들고 오는 게 보이잖아? 웃음을 참을 수
가 있어야지."

대통령들과 소 한 마리

역대 대통령에게 소를 한 마리씩 주었다.

이승만: 이 소는 미제로군.

박정희: 이 소에 쟁기를 채워 농사를 지어야겠군.

전두환: 친구들 불러다 잡아먹어야겠군.

노태우: 뒷방에다 몰래 숨겨놔야겠어.

김영삼: 이 소 뭐꼬? 쓸데없이….

김대중: 북한에 보내줘야겠군.

노무현: 니 그 쌍카풀 어디서 했노?

전두환식 영어

전두환이 청와대에서 주한 미국 대사와 만났다.

두환이 "오늘 만나서 대단히 반갑다."고 했고, 통역이 이를 전했다.

그러자 미 대사가 "미 투(Me too)."라고 했는데, 두환이 이를 듣고 있다가 투(two) 다음에는 쓰리(Three)니까 나도 영어는 좀 안다는 식으로 "미 쓰리(Me three)."라고 했다.

그때 옆에 있던 이순자가 "자기, 나 불렀어?"

역대 대통령 통치 스타일

이승만: 국제면허 운전

– 왠지 근사해 보이기는 한데, 영양가는 별로다. 건국이념과 통일 의지가 부정부패로 빛이 바랬다.

박정희: 모범택시 운전

– 나라를 절대빈곤으로부터 건져낸 것은 '모범'이 될 만하지만, 이후 개발독재의 비용을 톡톡히 치러야 했음. 편히 가는 대신 값이 좀 비싼 게 모범택시의 흠.

최규하: 대리운전

– 남의 유고(음주)로 '운전석'에 앉았고, 운전 중 목격한 바에 대해 침묵을 지키는 모습이 영락없는 대리운전기사를 닮았음.

전두환: 난폭운전

– 도로 전체가 혼자만의 세상, 광란의 질주를 벌인다. 대형사고도 여러 번. 그래도 경제 고속도로에서만큼은 운전대를 전문 기사에게 맡겨 3저(저금리·저 달러·저유가)의 호재라는 원활한 흐름을 거스르지 않았다.

노태우: 초보운전

– '보통' 운전자임을 주장하며 실력을 "믿어달라"고 외쳐댔지만, 도로의 운전자들은 초보(물통령)라고 비웃음. 난폭 운전자 덕에 한산해진 도로를 별 어려움 없이 달렸으나, 도착해서 보니 난폭 운전자만큼이나 상처투성이가 됨.

김영삼: 무면허운전

- 사상 '최연소 운전자' '운전 9단' 등의 소문은 무성했으나 정작 운전대를 잡고 보니 직진밖에 모르는 무면허. 하긴, 면허 없이도 차를 몰 뚝심이 있었으니 금융 실명제라는 물건도 만들어냈다. 나중엔 자기도 운전을 해보겠다고 나선 아들 때문에 정신 못 차리다가 외환위기를 맞음.

김대중: 음주운전

- IMF 위기를 조기에 졸업하는 데는 성공했으나, 임기 후반에는 각종 게이트로 정신을 못 차릴 지경이 됨.

노무현: 역주행

- 대연정, 코드 인사 등 국민 정서와는 반대 방향으로 움직임. 역주행은 다른 운전 행태보다 사고 확률이 높고 그 피해가 훨씬 크다는 게 문제.

대통령과 정신병자

전두환이 정신병원으로 시찰을 나갔다. 모든 환자들이 일렬로 늘어서서 외쳤다.

"대통령 만세!"

"대통령 만세!"

그런데 유독 한 환자는 무표정하게 대통령을 쳐다만 볼 뿐이었다. 대통령이 병원장에게 물었다.

"저 사람은 왜 날 환영하지 않나?"

"저 환자 상태는 오늘 아주 정상입니다."

죄명

어떤 사람이 광화문 이순신 동상 앞에서 외쳤다.

"이승만 대통령은 바보다! 대통령은 거짓말쟁이다!"

경찰들이 즉시 체포했고, 재판에서 20년형을 선고해 감옥에 넣었다. 그의 죄목은 두 개였다. 국가원수모독죄 2년, 국가기밀누설죄 18년.

대통령과 우표

　전두환이 자신의 얼굴이 담긴 우표를 발행하라고 지시하고 판매
현황을 알아보기 위해 우체국을 방문했다.

　"요즘 내 우표 잘 나가나?"

　"솔직히 말씀드려 인기가 없습니다. 우표가 잘 안 붙는다고 불만
이 많습니다."

　그 말을 들은 전두환이 직접 우표 뒤에 침을 발라 붙여봤다.

　"무슨 소리야, 붙기만 잘 붙는데?"

　우체국 직원이 머뭇거리다 말했다.

　"사람들이 우표 앞면에다 침을 뱉습니다."

정치인과 악처의 공통점

돈을 너무 좋아한다.

행선지를 밝히지 않고 싸돌아다닌다.

말로는 당할 수 없다.

내가 뽑았지만 후회한 적이 한두 번이 아니다.

바꾸려면 너무 복잡하다.

복권

검사가 전두환에게 물었다.

"전 재산이 29만 원이라면서 어떻게 그렇게 호화스런 생활을 하고 있는 겁니까?"

두환이 말했다.

"사실은 정당한 소득이 있어요."

"무슨 소득이죠?"

"검사 양반, 꿈에 대통령이 나타나면 복권 당첨된다는 소리도 못 들었소? 나는 매일 밤 내 꿈을 꿉니다."

무식한 전두환

유머에 등장하는 전두환은 하나같이 '무식한 인간'으로 나온다.

그래서 전두환이 가장 좋아하는 시인은 말당 선생이고(서정주의 호 미당未堂의 '미'를 '말'로 읽음), 좋아하는 영화는 '토관과 신토'(사관과 신사 한자를 잘못 읽음)라는 등이다.

'생각하는 사람'을 만든 조각가의 이름을 적으라는 시험문제에 옆에 앉은 노태우의 답을 잘못 베껴서 '오뎅'으로 적었다는 우스갯소리는 한동안 국민들을 낄낄대게 했다.

그런 전두환이 시골에 가서 한 벌거숭이 아이를 안아 올렸다.

그러고는 인자한 웃음을 지으며 아이의 고추를 가리키며 물었다.

"이건 뭐니?"

꼬마가 전두환 얼굴을 빤히 쳐다보더니 하는 말.

"좆도 모르는 게 대통령이야?"

전두환은 이 참패를 만회하기 위해 바로 옆 다른 아이를 안아 올렸다.

"나 이거 뭔지 안다?"

그러자 아이가 또 빤히 쳐다보다가 말했다.

"좆만 아는 게 대통령이야?"

내 자리 내놔

오바마와 힐러리, 트럼프가 죽어서 하느님 앞에 섰다.

하느님이 세 사람에게 말했다.

"너희를 내 옆자리에 앉히기 전에 너희들이 가진 신념에 대해 묻고자 한다."

그러면서 먼저 오바마에게 물었다.

"너는 무엇을 믿는가?"

오바마가 잠시 생각하다가 말했다.

"저의 신념은 힘든 일을 하는 것이며 가족과 친구들에게 베풀기를 좋아합니다."

이에 하느님은 그의 선한 본질을 꿰뚫어보시고 자신의 옆에 앉게 해줬다. 다음은 힐러리 차례였다.

"너는 무엇을 믿는가?"

"열정과 수양, 용기와 명예가 제 삶의 근원이었습니다. 오바마와 마찬가지로 저도 열심히 일하는 것이 신념입니다. 저는 항상 충직한 미국인이 되려고 노력했습니다."

하느님이 힐러리의 웅변에 크게 감동하며 그의 오른쪽 자리를 권했다. 마지막으로 트럼프 차례였다.

"도널드! 자넨 무엇을 믿나?"

그러자 트럼프는 망설임 없이 대답했다.

"예, 하느님이 앉아 계신 그 자리가 바로 제 자리라고 믿습니다."

그들이 포로가 되었을 때

트럼프, 아베, 시진핑이 함께 아프리카 오지를 탐험하다가 원주민들에게 붙잡혔다. 추장은 자신들의 영역에 무단 침입한 세 사람에게 각기 100대의 채찍질을 명했다. 그나마 다행인 것은 각자에게 한 가지씩 소원을 들어준다는 것.

맨 먼저 트럼프가 말했다.

"내 등에 방석을 올려주시오."

추장은 그 소원을 들어주었다.

트럼프는 방석을 등에 대고 맞았지만, 채찍 50대에 그만 방석이 찢어져 곤죽이 되었다.

트럼프가 그래도 입은 살아서 말했다.

"그래도 난 제법 창의적이지 않았어?"

두 번째는 아베 차례였다.

"내 등에 침대 매트리스를 올려주세요."

추장은 그 소원을 들어주었다.

채찍이 가해졌지만 두툼한 매트리스 덕분에 조금도 아프지가 않았다. 아베는 웃음 지었다.

그런데 50대까지 맞았을 때 추장이 말했다.

"뒤집어라!"

안색이 하얗게 변한 아베도 곧 곤죽이 되었다.

아베가 말했다.

"이 정도가 어딘가. 역시 모방이 최고므니다!"

마지막으로 시진핑 차례가 되었다.

시진핑이 추장에게 소원을 말했다.

"저 두 사람을 내 앞뒤에 붙여주세요."

트럼프와 시진핑의 내기

트럼프와 시진핑이 나란히 이웃하여 살았다. 트럼프는 암탉 한 마리 기르면서 매일 그 닭이 낳은 달걀을 먹었다.

그러던 어느 날 아침, 트럼프는 자신 닭이 바로 옆 시진핑의 마당에서 알을 낳는 것을 보았다. 그래서 잠시 후 달걀을 찾으러 가보니 달걀이 보이지 않았다. 그새 시진핑이 가져가버린 것이다.

트럼프가 시진핑을 불러 따졌다.

"내 달걀 내놔."

"무슨 소리야. 엄연히 여긴 우리 집 마당인데?"

트럼프는 자신이 닭 임자임을 내세웠고, 시진핑은 자기 집 마당에서 낳은 거라며 돌려줄 수 없다고 했다.

한동안 말씨름을 벌였지만 좀처럼 결론이 나질 않자 트럼프가 한 가지 제안했다.

"오케이! 그럼 이렇게 하자. 서로 상대방을 차서 누가 견디는지 대보는 거야. 오래 참는 사람이 달걀을 갖기로 하고 말이야."

"좋아!"

맷집에 자신 있었던 시진핑은 흔쾌히 응했다.

트럼프가 몇 발짝 물러섰다가 빠른 속도로 돌진하여 시진핑의 옆구리를 걷어찼다. 시진핑은 땅바닥을 뒹굴며 한참 동안 신음소리를 흘렸다. 그러다 가까스로 일어나 트럼프에게 말했다.

"자, 이번엔 내 차례야."

그러자 트럼프가 말했다.

"야, 그 달걀 너 가져!"

레이건 유머

　1981년 3월, 미국 레이건 대통령이 저격을 당해 중상을 입었을 때의 일이다. 간호사들이 지혈을 하기 위해 레이건의 몸을 만졌다. 레이건은 아픈 와중에도 간호사들에게 이렇게 농담했다.

　"우리 낸시에게 허락은 받았나?"

　얼마 후 부인 낸시 여사가 나타나자 이렇게 말해서 그녀를 웃겼다.

　"여보, 미안하오. 총알이 날아왔을 때 납작 엎드리는 걸 깜빡 잊었어."

그 줄이 더 길어

페레스트로이카 이후 소련의 상점마다 생필품을 구입하려는 사람들이 줄을 섰다.

보드카를 사기 위한 긴 줄에 두 남자가 있었다.

한 남자가 말했다.

"황당하구먼! 내가 고르바초프를 죽여버리고 말겠어!"

그는 씩씩거리고 어디론가 가더니 20분쯤 지나서 돌아왔다.

친구가 물어보았다.

"그래서, 죽였어?"

"아니."

친구가 한숨을 내쉬었다.

"참 나…. 그 줄이 이 줄보다 더 길어!"

친구를 바꿔

    드골 대통령에게 정치 성향이 전혀 다른 의원이 말했다.
    "각하, 제 친구들은 각하가 추진하는 정책을 매우 마음에 들어 하지 않습니다."
    드골이 말했다.
    "아, 그래? 그럼 친구를 바꿔보게나."

최신 유머 시리즈

비트코인

아들: 아빠! 비트코인 하시던데 생일선물로 1BTC만 보내주세요

아빠: 뭐? 1570만 원? 세상에, 1820만 원은 큰돈이란다…. 대체 1920만 원을 받아서 어디에 쓰려고 그러니?

가상화폐 용어 정리

가즈아, 가즈아ㅏㅏ~~: 자신이 가진 가상화폐가 오르길 희망할 때 쓰는 말. 반대로 가격이 폭락할 때는 비관적인 표현으로 '한강 가즈아ㅏㅏ~~!'가 있다. 해외 가상화폐 투자자들도 '가즈아'의 발음대로 'Gazua' 'Gazuaa'라고 쓴다고.

개미: 개인투자자.

고래: 가상화폐 시장의 큰손.

대장님, 머장님: 대장님은 비트코인을 일컫는 말이고, 머장님은 대장님의 급식체.

선동충: "○○○오른다"며 근거도 없이 구매를 유도하는 선동세력.

잡코인: 가격이 저렴한 가상화폐.

김프(김치 프리미엄): 국내 투자 열기 고조로 가상화폐가 국제시세보다 비싸게 거래되는 상황을 빗댄 말.

역프: 해외 가격이 국내 가격보다 높을 때 쓰는 말로 외국인 투기가 밀집된 상태를 말함.

운전수: 가상화폐 시세를 조작하여 장을 이끄는 세력.

단타: 가상화폐 구매 후 단시간 내에 되팔아 이익을 챙기는 것.

승차감: 투자한 가상화폐 가격이 안정적으로 오르고 있을 때 "승차감 좋다" 표현함.

떡락충, 떡락무새: 가상화폐 가격이 떨어지면 몰려드는 세력을 일컬음.

약속의 ○○시: 주가가 오르기를 희망하며 말하는 단어. "약속의 ○○시니까 가즈아~!"라며 희망찬 메시지를 나눈다.

뇌피셜: 스스로 호재라고 여기는 생각을 소설처럼 써서 퍼뜨리는 행위를 일컬음.

오피셜: 뇌피셜의 반대말로 팩트인 사실을 일컬음.

물렸다: 본인이 산 가격보다 가상화폐 단가가 내려갔을 때.

추매: 추가 매수의 줄임말.

손절: 손해를 보고 매도함.

익절: 이익을 보고 매도함.

평단: 구매 평균단가.

물타기: 구입한 가상화폐 가격이 하락할 때 추가 구매로 평균단가

를 낮추는 행위.

리또속, 리도속: '리플에게 또 속았다'의 줄임말. 가상화폐 리플 가격이 오를 때가 됐는데 안 오르고 애태우는 상황을 일컬음.

중력 코인: 가격이 상승했다가 다시 하락하는 가상화폐를 의미함.

소프트포크: 기존의 블록체인과 새로운 블록체인이 서로 호환되는 업그레이드를 말함.

사토시: 비트코인 수량을 측정하는 단위. 1사토시=0.000000.1비트코인을 의미함.

하드포크: 기존 블록체인과 호환되지 않는 새로운 블록체인에서 다른 종류의 가상화폐를 만드는 것을 말함.

성투: '성공하는 투자'의 줄임말.

존버: '존나 버틴다'의 줄임말.

가상화폐 실제상황

가즈아: 5월 오르기 시작할 때부터 빗썸 갤러리 도배됨.

떡상: 10원 오름.

떡락: 10원 내림.

기사님 출발: 20원 오름.

대피하라: 20원 내림.

존버: 물림.

장투 간다: 최고점 물림.

이거 심상치 않다. 빨리 타라: 내가 물렸다. 살려주라.

아직 안 들어온 흑우 없제?: 살려줘, 같이 죽자.

아직도 존버 중인 흑우 없제?: 저점에서 먹을 준비하고 있음.

차트분석 끝났다: 내가 들어왔으니 무조건 오를 것임.

저점 다지는 중: 떡락 장.

개미 떨기: 떡락 장.

시그널 리플

박해영(이제훈 분): 이재한 경위(조진웅 분)님, 지금 몇 년도십니까?

이재한: 2027년.

박해영: 지금 리플은 얼마입니까?

이재한: …220원.

박해영: 쓰~ㅂ….

죽지 말아야 할 이유

가상화폐로 돈 잃었다고 자살해서는 안 되는 이유?

— 장례식 치르는 도중에 원금이 회복될 가능성 있음.

뭘 믿고

한 친구가 호기심에 남들 다 한다는 가상화폐에 30만 원을 투자했다가 몽땅 날렸다.

친구들이 소주를 사며 놀렸다.

"뭐 그럴 수도 있는 거지 뭐. 술이나 마시자."

"돈 놓고 돈 먹기가 쉽냐."

다행히 소액을 날렸으니까 놀렸지 큰돈이었음 절대 놀릴 수 없는 상황이다.

그런데 유독 한 친구가 간죽대며 약을 올렸다.

"비트코인 그거 완전 허구야. 사기라고. 뭘 믿고 그깟 실체도 없는 거에다 돈을 꼴아박냐!"

그러자 돈 잃은 친구가 빡쳐서 대들었다.

"넌 인마, 예수님 만나보고 매달 십일조 처박냐?"

닭 시리즈

제일 빠른 닭은? 후다닥

정신줄 놓은 닭은? 핵가닥

집안 망쳐먹은 닭은? 쫄닥

시골에 사는 닭은? 촌닭

마음을 가라앉히는 닭은? 토닥토닥

싱싱한 닭은? 파닥파닥

제일 비싼 닭은? 코스닥

성질 급해 죽은 닭은? 꼴까닥

sns문자 시리즈

1

딸: 아빠, 용돈 보내주세요 네?

아빠: 삼행시 지으면 보내줄게.

딸: 삼행시? 진짜?

아빠: 채송화로 시작해봐.

딸: 채.

(채팅이 종료되었습니다.)

2

아빠: 신용카드 도둑맞은 지 벌써 보름이 지났어.

아들: 헉! 분실신고는 하셨어요?

아빠: 아니, 안 했어.

아들: 왜요?

아빠: 도둑이 네 엄마가 쓰는 것보다 훨씬 덜 쓰고 있거든.

3

아들: 엄마, 나도 수영해도 돼?

엄마: 안 돼. 물이 너무 깊어서 수영하면 위험해.

아들: 근데 아빠는 수영하고 있잖아?

엄마: 아빠는 보험 들었잖니.

4

A: 저 지현이에요.

B: 미안…. 무슨 지현이지?

A: 나 김지현! ㅋㅋ

B: 진짜진짜 미안. ㅠㅠ 누군지 전혀 기억이 안 나는걸. ㅠㅠ

A: 모를 만하세요. ㅎㅎ 사실 KY은행 김지현 팀장입니다^^
   손님은 보증 없이 800까지 대출 가능하세요!

5

아들: 엄마 치킨 튀겨줘.

엄마: 공부나 해라.

아들: 아귀찜 해줘.

　　　볶음우동 해줘.

　　　봉골레파스타 해줘.

엄마: 서울대 가줘.

　　　고려대 가줘.

　　　연세대 가줘.

6

엄마: 요즘 고추 값도 비싼데. 할머니가 고추 사라고 할 때 네 고
　　　추도 따서 보낼걸.

아들: 으따~ 아들 고자 맹글라고 하요~!

엄마: 장가도 못 가고, 써먹지도 않을 거 팔아버리지 뭐.

핸드폰 오타 시리즈

남자친구와 헤어지고 나서 펑펑 울고 있는데, 그 남자친구가 마지막이라며 보내온 문자.
— 좋은 감자 만나…. 나쁜 놈!

봉사활동 가는 도중에 엄마에게 온 문자.
— 어디쯤 기고 있니? (엄마 제가 기어서 가나요?)

할머니께 "할머니 오래 사세요."라고 적어야 하는데….
— 할머니 오래 사네요.

늦게 들어간다고 엄마에게 문자했더니 온 답장.
— 그럼 올 때 진화하고 와.

엄마한테 데리러 오라고 한다는 것이….
— 임마, 데리러 와.

생일에 여자친구가 "원하는 거 없어?"라고 보낸 문자에, 딱히 원하는 선물이 없어서.
— 딱히 원하는 건 ㅇ벗어.

소개팅한 여자에게 "너 심심해?"라고 물어본다는 것이….

— 너 싱싱해?

친구에게 보낸다는 걸 잘못해서 택배 아저씨에게 보낸 문자.

— 오늘 울 집에 오면 야동 보여줌. (결국 택배 아저씨 왔을 때 집에
  없는 척했음.)

친구에게 여자 소개해주고 "저녁 잘 먹어."라고 문자를 보내야 하
는데….

— 저년 잘 먹어…. (친구야, 부디 오해 말그래이….)

할머니가 중풍으로 쓰러지셔서 급한 마음에 엄마한테 보낸 문자.

— 할머니 장풍에 쓰러지셨어!

내 운동화를 사러 가신 엄마가 내 발 사이즈를 물어보는데….

— 너 시발 사이즈 몇이야?

문자 서툰 아빠한테서 온 문자.

— 아바닥사간다. (아빠는 치킨을 사오셨다.)

엄마한테서 온 무시무시한 문자.

— 아빠 술 마셨다. 너희 성적표 발견. 담 너머 오라.

수수께끼 시리즈

'스무 명이 넘는 남자'를 일곱 글자로 줄이면?

— 이놈 저놈 18놈.

인체 중에서 상황에 따라 보통 때의 여섯 배까지 팽창할 수 있는 곳은?

— 동공.

이 시대 최고의 팔불출은?

— 지 마누라 보고 흥분하는 놈.

주부들이 한 달에 한 번씩 치르는 행사는?

— 반상회.

새신랑과 안경 낀 사람의 공통점은?

— 벗으면 더듬는다.

흔들 때는 쾌감, 쌀 때는 허무함, 이것은 무엇?

— 고스톱.

노인이 되면 정말 자신이 없어지는 구멍은?

— 바늘구멍.

추우면 커지고 더우면 작아지는 물건은?

— 고드름.

여자에게는 두 개 있고, 암소에겐 네 개 있는 것은?

— 다리.

갓난아기가 좋아하는 무덤은?

ー 젖무덤.

개가 오줌을 눌 때 한쪽 다리를 드는 이유는?

ー 두 다리를 다 들면 넘어지니까.

거북선과 바둑알 중 어느 것이 더 무거울까?

ー 바둑알. (거북선은 물에 뜨니까.)

검어도 검고 희어도 검은 것은?

ー 그림자.

걱정이 많은 사람이 오르는 산은?

ー 걱정이 태산.

겨울에는 옷을 벗고 여름에는 옷을 입는 것은?

ー 나무.

큰 숲 밑에 작은 숲, 작은 숲 밑에 깜빡이, 깜빡이 밑에 쿵쿵이, 쿵쿵이 밑에 냠냠이가 있는 것은?

ー 얼굴.

시누이 엽기 문자

개띠해 정초에 시누이가 보내온 엽기 문자.

가는 년 잡지 말고

오는 년 반갑게 맞고

내년은 개년

우리 모두 개년은

기쁜 년 됩시다.

최신 아재개그

제빵왕 김탁구가 가장 싫어하는 개그는?

— 빵 터지는 개그.

어부들이 싫어하는 가수는?

— 배철수.

죽지 않는 산맥은?

— 안데스산맥.

왕이 넘어지면?

— 킹콩.

왕이 가면?

— 바이킹.

높은 곳에서 아이를 낳는 것은?

— 하이에나.

고기 먹을 때마다 따라오는 개는?

— 이쑤시개.

신사가 자기를 소개할 때 하는 말은?

— 신사임당.

추장보다 높은 사람은?

— 고추장.

한 입 베어 먹은 사과는?

— 파인애플.

이상한 사람들만 가는 곳은?

– 치과.

화장실에서 방금 나온 사람은?

– 일본 사람.

하늘에 떠 있는 화장실은?

– 공중화장실.

화장실에 사는 두 마리 용은?

– 여성용 남성용.

병아리가 잘 먹는 약은?

– 삐약.

텔레토비에서 뽀가 떠나면?

– 뽀빠이.

도둑이 가장 싫어하는 아이스크림이 있다면?

– 누가바.

도둑이 가장 좋아하는 아이스크림은?

– 보석바.

비가 자기소개할 때 하는 말은?

– 나비야.

'당신은 비를 아십니까?'를 네 글자로 줄이면?

– 너비아니.

물고기의 반대말은?

– 불고기.

오리고기를 날로 먹으면?

– 회오리.

사람의 몸무게가 가장 많이 나갈 때는?

– 철들 때.

발이 두 개 달린 소는?

– 이발소.

원숭이를 불에 구우면?

– 구운몽

석유가 도착하는 데 걸리는 시간은?

– 오일.

차를 발로 차면?

– 카놀라유.

자동차를 톡하고 치면?

– 카톡.

다리미가 좋아하는 음식은?

– 피자.

바나나가 웃으면?

– 바나나킥.

사과가 웃으면?

– 풋사과.

새우가 주인공인 드라마는?

– 대하드라마.

펭귄이 다니는 중학교는?

― 냉방중.

펭귄이 다니는 고등학교는?

― 냉장고.

과소비가 심한 동물은?

― 사자.

소가 웃으면?

― 우하.

우유가 웃으면?

― 빙그레.

개가 사람을 가르친다고?

― 개인지도.

세상에서 가장 뜨거운 전화는?

― 화상전화.

신이 버스에서 내리면?

― 신내림.

자식이 아홉 명이나 되면?

― 아이구.

먹고살기 위해서 꼭 해야 하는 내기는?

― 모내기.

불장난으로 돈을 벌면?

― 불로소득.

장사꾼들이 싫어하는 경기는?

― 불경기.

세상에서 가장 착한 사자는?

― 자원봉사자.

전 재산을 부동산에 몰빵했던 부자가 죽으면?

― 저승사자.

세상에서 가장 장사를 잘하는 동물은?

― 판다.

김밥이 죽으면?

― 김밥천국.

가장 폭발하기 쉬운 나라는?

― 부탄.

날마다 새로운 욕을 만들어내는 도시는?

― 뉴욕.

미국에 비가 내리면?

― USB.

반성문을 영어로 하면?

― 글로벌(글로+벌).

광부가 가장 많은 나라는?

― 케냐.

미국이 싫다고?

― 아메리카노.

텔레토비가 운영하는 안경점은?

– 아이 좋아.

원빈의 혈액형은?

– 우리형.

원빈이 타고 다니는 말은?

– 웃기지 마.

빨간 길 위에 동전을 뿌리면?

– 홍길동전.

오리가 얼면?

– 언덕.

아몬드가 죽으면?

– 다이아몬드.

짱구가 말하면?

– 맞장구 좀 쳐주지

딸기는 있는데….

– 아들기는 없나?

가장 믿을 만한 오리는?

– 미더덕.

신데렐라가 잠을 못 자면?

– 모차렐라.

세상에서 가장 긴 음식은?

– 참기름.

그다음으로 긴 음식은?

- 들기름.

참기름과 간장이 싸웠는데 간장이 졌다. 왜?

- 참기름이 고소해서.

용이 하늘로 승천하는 걸 네 글자로 줄이면?

- 올라가용.

서울이 추우면?

- 서울 시립대.

입이 S자로 돼 있으면?

- EBS.

맥주가 죽기 전에 한 말은?

- 유언비어.

불에 타는 국사책을 세 글자로 줄이면?

- 불국사

꽃가게 주인이 가장 싫어하는 나라는?

- 시드니.

세 사람만 탈 수 있는 차는?

- 인삼차.

뽑으면 우는 식물은?

- 우엉.

상인이 싫어하는 경기는?

- 불경기.

소녀시대가 말을 못 탄 이유는?

－수줍어서 말도 못하고~!

거북이가 자라와 시합에서 진 이유는?

－ 속이 거북해서.

12345678을 다른 말로 뭐라 하게?

－ 영구 없다.

해골을 잔뜩 넣어둔 방은?

－ 골룸.

병아리가 밖에서 놀고 있는데 갑자기 매(새)가 와서 병아리를 마구 쪼아댔다. 병아리가 울면서 엄마에게 한 말은?

－ 매가패스.

말장난 시리즈

건담은 왜 싸움을 건담?

구준표가 영화보라고 준 표.

형돈아, 형 돈 좀….

이나영은 이 빠져도 다시 이 나영?

안소희는 벌에 안 쏘이나요?

신지는 신발을 잘 신지?

엄정화 엄청 화났다.

구혜선을 구해선 안 되고 구하라를 구하라!

티파니가 어디서 티 파니?

김나영이 똥 싸면 김 나영.

장보고가 장 보고 왔어

샤이니랑 안 지 오래된 사이니?

오렌지를 먹은 지 얼마나 오랜 지.

곶감 먹으로 곧 감.

살구 좋아하면 나랑 살구.

이 망고 얼만고?

우리는 사이다 먹은 사이다.

바나나 먹으면 나한테 반하나?

설레임 먹으면 나한테 설레임.

자두 먹고 자두 돼?

참외 먹으니 참 외롭다.

요맘때는 요맘때 먹어야지.

수박을 먹어서 그럴 수밖에.

고로케가 고렇게 맛있니?

가지가지 하시네요. 가지세요?

박력 있으시네요. 박력분이세요?

자가용이 너무 작아용.

사우나 가면 싸우나요?

비키니 입으면 사람들 다 비키니?

아이폰은 있는데 어른폰은 없나?

베트남에서 침을 뱉으남?

세계사를 세 개 사.

차이나 가서 차이나?

베이징에 가면 칼로 베이징.

형 좋아하는 형광펜.

개드립을 드립니다.

판다가 과일을 판다.

사자를 사자.

호랑이가 자동차 보고 "타 이거?"

마그마를 막으마.

피아노를 던지면 어떻게 피하노?
담요는 왜 그런담요.

모기 잡지 마 / 너 좋아한다고 따라다니는 애 / 걔 밖에 없잖아?
자세히 보아야 예쁘다 / 오래 보아야 사랑스럽다 / 너는 아니다

남과 여

1. 여자가 남자에게 전화를 걸었을 때.

초반기: 내가 지금 막 전화하려던 참이었는데.

진행기: 어디야? 지금 만나.

과도기: 어, 내가 나중에 다시 걸면 안 될까?

권태기: 넌 꼭 바쁠 때 전화질이냐?

말년기: (전화기가 꺼져 있어 소리샘으로 연결되었습니다.)

2. 약속장소에 30분 늦게 나왔을 때.

초반기: 미안하긴~. 나 하나도 안 지루했어.

진행기: 늦은 벌로 여기다 뽀뽀~!

과도기: 너 지금 웃음이 나오니?

권태기: 누구는 시간이 썩어 남는 줄 알아?

말년기: (벌써 가버리고 없다.)

3. 여자가 감기 걸려 콜록거릴 때.

초반기: 여기 약 지어왔어.

진행기: 차라리 내가 아팠으면 좋겠다.

과도기: 그러게 왜 그렇게 싸돌아다녀!

권태기: 야! 음식에 콧물 떨어지잖아!

말년기: 아까 네가 입 댄 컵이 어떤 거냐?

4. 남자가 자기 친구에게 여자를 소개할 때.

초반기: 내 애인이야.

진행기: 우리 곧 결혼할지도 몰라.

과도기: 그냥 만나는 애야.

권태기: 얘한테 직접 물어봐라.

말년기: 어? 너 아직도 안 갔냐?

5. 데이트 끝나고 집에 보내줄 때.

초반기: 아저씨! 얘네 집까지 잘 부탁해요.

진행기: 이제 들어가. 대문 아까 열렸잖아.

과도기: 너 집에까지 혼자 갈 수 있지?

권태기: 가라! 난 건너가서 탄다.

말년기: 택시~ 당산! 남자 한 명!

엽기 급훈

먹어야 산다.

문제집이랑 눈싸움하면 점수 잘 나온다.

자뻑이 심하면 언젠가는 넘어진다.

힐끔 보는 자 스토커 되나니.

야동 한 편에 공부 한 시간.

선빵자가 승리자.

시비 걸다 져서 쪽판다.

문자 한 통에 15알이다 새키들아.

지금 수다 떠는 순간 내 알이 소멸되고 있다.

통화 1초에 2알이다 새키들아.

공부하다 죽자.

미친놈들의 행렬엔 끼지 말자.

가족은 바캉스의 푸른 바다, 나는 책상 앞 공부바다.

이토록 즐거운 인생을 왜 버리려는가.

엽기 한자 시리즈

고참사원(古參社員): 고상하지도 않으면서 참견만 하는 사원.

남존여비(男尊女卑): 남자가 존재하는 한 여자는 비참하다.

남녀평등(男女平等): 남자나 여자나 등이 모두 평평하다.

노발대발(怒發大發): 할아버지 발은 큰 발이다.

동문서답(東問西答): 동쪽 문을 닫으니 서쪽 문이 답답하다.

말단사원(末端社員): 말 잘 듣는 단계의 사원.

만사형통(萬事亨通): 세상만사는 형을 통하여 이루어진다.

만수무강(萬壽無疆): 만수네 집에는 요강이 없다.

마이동풍(馬耳東風): 마이를 맞출 때는 동생을 생각해서 풍성하게 맞춘다.

박학다식(博學多識): 박사와 학사는 밥을 많이 먹는다.

백설공주(白雪公主): 백방으로 설치고 다니는 공포의 주둥아리.

원앙부부(鴛鴦夫婦): 원한과 앙심이 많은 부부.

요조숙녀(窈窕淑女): 요강에 조용히 앉아 있는 숙녀.

아편전쟁(阿片戰爭): 아내와 남편 사이에 벌어지는 부부싸움.

임전무퇴(臨戰無退): 임산부 앞에서는 침을 뱉지 않는다.

언어도단(言語道斷): 언제나 물고기는 도마를 거쳐 식탁에 오른다.

죽마고우(竹馬故友): 죽치고 마주앉아 고스톱치는 친구.

자포자기(自暴自棄): 자신 없는 일은 일찌감치 포기하고 자신 있는 일을 기분 좋게 하라.

절세미녀(絶世美人): 절에 세 들어 사는 미친 여자.

황당무계(荒唐無稽): 노란 당근의 무게가 더 나간다.

현모양처(賢母良妻): 현저하게 힙의 모양이 양쪽으로 처진 사람.

천고마비(天高馬肥): 하늘에 고약한 짓을 하면 온몸이 마비된다.

천재지변(天災地變): 천 번 봐도 재수 없고, 지구 끝까지 가도 변하지 않는 사람.

북한 시리즈

김정은이 남한에 못 왔던 이유

거리에는 총알택시가 너무 많다.
다대포라니 바다도 무섭다.
골목마다 대포집이 너무 많다.
간판마다 부대찌개가 너무 많다.
술집에는 폭탄주가 너무 많다.
가정은 집집마다 핵가족이다.

아담과 이브

미술관에 아담과 이브가 사과를 들고 있는 그림 한 폭이 있다.

이를 본 영국인이 말했다.

"이들은 영국 사람이다. 남자는 맛있는 것이 있으면 여자와 함께 먹으려고 하니까."

프랑스인이 말했다.

"이들은 프랑스인이다. 누드로 산보하고 있으니까."

북한 사람이 말했다.

"이들은 조선 사람이다. 옷도 없고 먹을 것도 적은데, 자신들이 천당에 있다고 생각하고 있으니까."

김정일과 돼지

　김정일이 집단농장에 현지시찰을 나갔다가 귀여운 돼지들을 보고 순간 기분이 좋아서 돼지들 가운데 서서 기념사진을 찍었다.

　『로동신문』에서 이 사진을 보도하려고 하는데, 편집자는 사진 설명 때문에 난처해지고 말았다.

　"음…. 김정일 동지가 돼지와 함께 계신다……. 이건 아닌 것 같고…. 돼지가 김정일 동지와 함께 있다…. 이것도 아닌 것 같은데…."

　우여곡절 끝에 신문이 발행됐는데, 사진 설명은 다음과 같았다.

　"왼쪽에서 세 번째 분이 김정일 동지다!"

행복

영국인, 프랑스인, 북한 주민이 한자리에 모여 담소를 나누고 있었다.

영국인: 겨울밤에 집에서 털 바지를 입고 벽난로 앞에 앉아 있을 때가 가장 행복해.

프랑스인: 너희 영국인들은 너무 진부해. 금발 미녀와 함께 지중해로 휴가 갔다가 돌아오는 길에 관계를 정리하는 것이 가장 큰 행복이지!

북한 사람: 한밤중에 누군가가 문을 두드려서 문을 열어보니 "최철균, 너 체포됐어!"라고 하는 거야. 이때가 가장 행복하지!

영국인·프랑스인: 아니, 왜?? 체포한다는데 행복하다니?

북한 사람: 최철균은 옆집 사람이거든.

아내와 두 아들이 있다

김정일과 푸틴 대통령이 모스크바에서 회담을 가졌다.

휴식시간에 두 사람은 너무나 심심해서 누구의 보디가드가 더 충성심이 있는지 내기를 했다.

푸틴이 먼저 자신의 보디가드 이만을 방으로 불러 창문을 열고 말했다.

"야! 이만, 뛰어내려!"

그곳은 20층 높이였다. 이만이 울먹이면서 사정했다.

"대통령님, 저한테 왜 이러십니까? 저에게는 돌봐야 할 아내와 두 아들이 있습니다!"

그 말을 들은 푸틴은 눈물을 흘리며 이만에게 사과하고 그냥 내보내주었다.

이번에는 김정일 차례였다. 그가 큰 소리로 자신의 보디가드 이명만을 불렀다.

"이명만, 여기서 뛰어내리라우!"

그 말을 들은 이명만이 두말없이 뛰어내리려고 하자 푸틴이 그를 덥석 끌어안으며 말렸다.

"너 미쳤어? 여긴 20층이라고. 뛰어내리면 즉사야!"

이에 이명만은 한사코 창밖으로 뛰어내리려고 발버둥치면서 말했다.

"날 놓으라! 내게는 아내와 두 아들이 있어야!"

치우라우

평양 지하철에서 두 사람이 대화를 나누고 있었다.

"동무는 혹시 로동당에서 일하십네까?"

"아니라요."

"그럼 그 전에는요?"

"그런 일 없시오."

"그럼 혹시 친인척 중에서 로동당에서 일하는 분이 계십니까?"

"전혀 없습네다."

"종간나! 그럼 밟고 있는 이 발 당장 치우라우!"

감자는 있냐

외국 기자단이 북한의 농업 관계자에게 물었다.

"요즘 농산물 작황은 어떻습니까? 식량 사정은 좋습니까?"

"아무렴요. 좋습니다."

"감자를 예로 들면요?"

"감자도 많습니다. 어찌나 많이 쌓여 있는지 거의 하느님 발밑에까지 닿을 정도입니다."

그러자 옆에서 한 당원이 관계자를 쿡 찌르며 귓속말 했다.

"여긴 조선 인민공화국이오. 종교를 인정하지 않는데, 하느님은 없는 거 아니요?"

농업 관계자가 대답했다.

"뭐, 감자는 있어서 있다고 했답니까?"

인민들이 굶는 이유

북한 인민들은 배급체계에 비리가 많아서 늘 식량이 모자랐다.
각 기관에서 비리를 저지르는 유형은 이렇다.

인민무력부: 인민에게 무력을 써서 뺏는다.
보위부: 보이지 않게 떼먹는다.
안전부: 안전하게 도둑질한다.
계획위원회: 계획적으로 떼먹는다.
조선로동당: 당이 결심하면 당당하게 떼먹는다.

북은 특히 선군정치를 내세우는 만큼 군의 비리도 심각했다.

군단장: 군말 없이 떼먹는다.
사단장: 사정없이 떼먹는다.
여단장: 여지없이 떼먹는다.
연대장: 연달아 떼먹는다.
대대장: 대놓고 떼먹는다.
중대장: 중간에서 떼먹는다.
소대장: 소리 없이 떼먹는다.

식량난

 엄청난 기근으로 난관에 봉착한 김정일은 크렘린에 SOS를 요청했다.

 ─ 식량난이 심각해 인민들이 굶어죽게 되었으니 쌀을 더 지원해
  달라.

 그러나 크렘린에서는 자신들도 그렇게 넉넉하지 못한 형편이므로 인민들과 함께 허리띠를 졸라매라는 내용의 답신을 평양으로 보냈다.

 그러자 김정일은 다시 편지를 보내 이렇게 독촉했다.

 ─ 허리띠라도 보내 달라.

그때까진 못 살아

미국의 로널드 레이건 대통령과 소련의 콘스탄틴 체르넨코 서기장, 일본의 나카소네 야스히로 총리와 북한의 김일성이 점쟁이를 찾아갔다. 그 점쟁이는 용하기가 국제적으로 소문난 점쟁이로, 국가수반들은 그에게 궁금한 점을 물었다.

먼저 레이건 대통령이 물었다.

레이건: 우리 미국이 세계를 완전히 지배하기까지 얼마나 걸릴까?

점쟁이: …… 앞으로 20년은 걸릴 겁니다.

다음은 나카소네 총리였다.

나카소네: 그럼 우리 일본이 미국을 따라잡고 세계 초일류 국가가 되려면 얼마나 걸릴 것 같은가?

점쟁이: …… 앞으로 30년은 걸리겠군요.

그다음은 체르넨코 서기장.

체르넨코: 우리 소련이 미국을 완전히 굴복시키려면 얼마나 걸리겠소?

점쟁이: …… 앞으로 80년은 걸리겠습니다.

모두들 자신들이 살아생전에는 꿈을 이루지 못할 것이란 사실에 한숨을 쉬고 있을 때, 김일성의 차례가 되었다.

김일성: 이보라우! 우리 공화국이 남조선을 적화통일할라믄 얼마나 걸리갔네?

　그러자 여태껏 술술 대답하던 점쟁이가 갑자기 울상을 짓더니 대성통곡을 하는 것이었다.

김일성: 와 울고 기러네?

점쟁이: (한숨을 쉬더니) 그때까지 제가 살 수 있을지 걱정이 돼서 그럽니다.

보위부 공짜로 부려먹는 법

어느 날 변경지대 보위부 사무실에 전화벨이 울렸다.

"예, 전화받았습네다."

"거기 보위부 맞소?"

"그렇소, 무슨 일이오?"

"우리 동네 박민구가 몰래 중국에서 들여온 남조선 드라마 시디를 땔나무 속에 숨겨놓은 것 같습네다!"

"알았소, 동무. 감사하오."

다음날 보위부가 박민구의 집 창고에 들이닥쳐서 땔나무를 모조리 쪼개며 찾았지만 남조선 드라마 시디는 없었다.

다음 날, 박민구 집에 이웃마을 룡석이가 찾아왔다.

"이보오, 자네 집에 어제 보위부가 들이닥쳤지비?"

"그… 그래, 동무래 그걸 어케 알지비?"

"땔나무들을 다 쪼개놓았지비?"

"웅, 기렇네만…."

룡석이가 말했다.

"그럼 이젠 자네 차례야. 보위부에 전화해서 우리 집 옥수수밭 좀 파헤쳐주라."

북한 잠수함

　2015년 8월 조선인민군이 남측에 포격을 가했고, 한국군은 즉각 대응태세에 돌입했다.

　얼마 후 북측의 움직임에 촉각을 곤두세우던 국군은 북한 잠수함 50척이 갑자기 감시망에서 사라진 것을 발견하고 깜짝 놀라 초계기를 동원해 수색에 나섰다.

　이것을 본 북한군 인민무력부장이 김정은에게 말했다.

　"위원장 동지, 저 꼴 좀 보시라요. 위원장 동지의 지략과 위용 앞에서 허둥대는 모습이 꼭 범 아가리에 들어간 게사니 꼴입네다."

　김정은이 흐뭇해하며 말했다.

　"거럼! 제깟 놈들이 별수 있간디? 하하하. 그런데 잠수함은 진짜 어데로 간 거이가? 아직 못 찾았디?"

재봉틀

어떤 남자가 급하게 재봉틀을 구할 일이 있어 평양 시내를 샅샅이 뒤졌으나 허사였다.

그가 한 상점에 들렀을 때 종업원이 말했다.

"평양에서 재봉틀을 찾다니, 제정신이야요? 차라리 개성이라면 몰라도. 거기서 재봉틀을 만드니까."

"지금 개성에서 오는 길이오. 거기서도 구할 수가 없었소."

"그럼 그걸 만드는 공장에 가서 구해보세요."

"내가 그 공장에서 일하고 있소."

"그러면 예비 부속품들을 빼내서 그걸 집에서 조립하세요."

"벌써 세 번이나 시도해보았죠."

종업원은 의아해했다.

"그래요? 그렇다면 조립방법을 모르고 있는 거 아닙니까?"

"조립방법이야 잘 알고 있죠."

남자가 말했다.

"하지만 그걸 조립해놓고 보면 기관총이 돼버려서 말이오."

김정일과 헬리콥터

어느 날 헬리콥터에서 지상을 내려다보던 김정일이 이렇게 말했다.

"여기서 1000원짜리 100장을 떨어뜨리면 100명의 인민들이 기뻐하겠지?"

옆에 있던 측근이 말했다.

"위원장 동지, 100원짜리로 1000개를 떨어뜨리면 1000명의 인민들이 기뻐할 것입니다."

그러자 옆에 있던 또 다른 측근은 이렇게 중얼거렸다.

"그냥 위원장 동지께서 떨어지면 2500만 인민들이 모두 기뻐할 것 같은데요….."

동무는 동무

시골의 한 노인이 타지에 사는 며느리의 해산일이 가까워져 당 위원회에 여행 허가를 신청했다.

"농장일도 바쁜데 동무는 무슨 일로 여행을 하겠다는 거요?"

때마침 서기는 새파랗게 젊은 친구였는데, 노인은 젊은 것이 말끝마다 "동무, 동무" 하는 말에 비위가 상했다. 그래서 이렇게 말했다.

"우리 며느리 동무가 손자 동무를 낳을 때가 돼서리 미역 동무를 좀 사오려고 그럽니다, 서기 동무."

속도전

평양의 교통안전원이 과속하여 달리는 자가용을 붙잡아 세웠다.

"당신 속도위반이오."

그 운전자가 말했다.

"지금 온 나라가 김정일 동지의 말씀대로 속도전의 불꽃 속에서 밤낮없이 노도로 뛰어다니는데, 우리 인민들 중에서 빨리 달리지 않는 사람이 어디 있소. 과속하지 않는 사람이 되레 사상 검토 대상이 아니냔 말이오?"

그 말을 듣고 난 안전원이 고개를 끄덕였다.

"듣고 보니 당신 말이 옳구려. 통과!"

뒷구멍으로

세계 의학자들이 자기 나라의 의학발전 성과를 자랑하고 있었다.

미국: 우리 미국에서는 맹장수술을 뒷구멍(항문)으로 하기 때문에 환자들이 통증을 느끼지 않습니다.

영국: 우리도 십이지장 수술을 전혀 아프지 않게 뒷구멍(항문)으로 합니다.

북한: 뒷구멍으로 수술하는 것이 뭐 그렇게 대단합니까?

미국·영국: ??

북한: 우리 공화국에서는 맹장, 십이지장 수술은 물론 심지어 이빨을 뽑을 때도 뒷구멍으로 (뇌물을 주고) 뽑습네다.

비밀시찰

김정일이 어느 날 변장을 하고 모자를 푹 눌러쓴 채 비밀시찰에 나섰다.

그가 방문한 곳은 자신의 현지지도 관련 기록영화가 상영되는 영화관이었다. 어두워서 변장한 자신을 알아보기도 힘든 곳인데다 인민들이 자신을 어떻게 생각하는지 알 수 있는 알맞은 장소로 생각한 것이다.

영화가 시작되고 화면에 김정일의 모습이 나오는 순간, 관객들이 모두 일어나 열렬히 박수를 치기 시작했다. 김정일은 흐뭇한 마음에 자신도 모르게 의자 팔걸이를 주먹으로 내리치며 등받이에 허리를 묻었다.

바로 그때 뒷자리에 서 있던 사람이 김정일의 귀에 대고 속삭였다.

"동무, 우리도 동무와 다 같은 마음이오. 당장에라도 저 낯짝에 주먹을 날리고 싶지만 어쩌겠소? 지금은 일어나 박수 치는 시늉이라도 해야 동무 신변이 안전할 거외다."

시험 답안

1990년대 북한의 한 중학교 생물시험에서 비료의 3대 요소를 쓰라는 문제가 나왔다.

한 학생은 이렇게 적었다.

– 질산, 린산, 칼륨.

그 학생은 50점을 받았다.

다른 학생은 이렇게 적었다.

– 경애하는 장군님께서 교시하신 바와 같이 질산, 린산, 칼륨.

그 학생은 70점을 받았다.

100점을 받은 학생의 답안지는 이러했다.

– 절세의 애국자이시며 백전백승 강철의 영웅이시며 조선민족의 친애하는 어버이이신 위대한 김정일 장군님께서 전국 농업과학자대회에서 일찍이 교시하시고 현지지도에서 가르치신 바와 같이 질산, 린산, 칼륨.

본래 뜻을 찾아가는 우리말 나들이

우리말 속뜻 사전

알아두면 잘난 척하기 딱 좋은
우리말 잡학사전

'시치미를 뗀다'고 하는데 도대체 시치미는 무슨 뜻? 우리가 흔히 쓰는
천둥벌거숭이, 조바심, 젬병, 쪽도 못 쓰다 등의 말은 어떻게 나온 말일까?
강강술래가 이순신 장군이 고안한 놀이에서 나온 말이고, 행주치마는 권율
장군의 행주대첩에서 나온 말이라는데 그것이 사실일까?

이 책은 이처럼 우리말이면서도 우리가 몰랐던 우리말의 참뜻을 명쾌하게
밝힌 정보사전이다. 일상생활에서 자주 쓰는 데 그 뜻을 잘 모르는 말,
어렴풋이 알고 있어 엉뚱한 데 갖다 붙이는 말, 알고 보면 굉장히 험한 뜻인데
아무렇지도 않게 여기는 말, 그 속뜻을 알고 나면 '아하' 하고 무릎을 치게
되는 말 등 1,045개의 표제어를 가나다순으로 정리하여 본뜻과 바뀐 뜻을
밝히고 보기글을 실어 누구나 쉽게 읽고 활용할 수 있도록 하였다.

이재운 외 엮음 | 인문·교양 | 552쪽 | 28,000원

Dictionary of English Miscellaneous Knowledge for Confidence

영단어 하나로 역사, 문화, 상식의 바다를 항해한다

이 책은 영단어의 뿌리를 밝히고, 그 단어가 문화사적으로
어떻게 변모하고 파생되었는지 친절하게 설명해주는
인문교양서이다. 단어의 뿌리는 물론이고 그 줄기와 가지,
어원 속에 숨겨진 에피소드까지 재미있고 다양한 정보를
제공함으로써 영어를 느끼고 생각할 수 있게 한다.

영단어의 유래와 함께 그 시대의 역사와 문화, 가치를
아울러 조명하고 있는 이 책은 일종의 잡학사전이기도
하다 영단어를 키워드로 하여 신화의 탄생, 세상을
떠들썩하게 했던 사건과 인물들, 그 역사적 배경과 의미 등
시대와 교감할 수 있는 온갖 지식들이 파노라마처럼
펼쳐진다.

김대웅 지음 | 인문·교양 | 452쪽 | 22,800원